Couples In Seoul

스물
다섯개의
포옹

최옥정 소설집

Couples In Seoul

스물
다섯 개의
포옹

푸른영토

1.

소설 쓰기와 소설 구상하기로 하루를 탕진하는 삶을 십 년 넘게 살고 있다. 골방 안에서 떠도는 영혼과 길에서 떠도는 몸을 데리고, 둘 사이를 오가며 소설을 쓴다. 사람, 인생, 세상, 무엇보다 나에 대해 모르는 것투성이가 아니었다면 소설 같은 건 쓰지 않았을 거다. 여전히 오리무중.

모르는 것의 총량은 달라지지 않았겠지만 모르는 것의 내용에는 조금 변화가 있었다. 인생에 대해서는 조금 알고 문학에 대해선 아는 게 없다고 생각했는데, 지금은 문학은 조금 알고 인생은 더 모르게 되었다. 내게서 말을 빼앗은 대상, 내 말에 생기를 불어넣어준 대상, 둘 다에게 관심이 있다.

2.

밤늦은 귀가 시간. 전철은 취객과 피곤에 찌든 직장인과 열망을 미처 다 식히지 못한 연인을 태우고 달렸다. 노약자석에 노약자는 없고 두 남녀가 다리를 얽고 몸을 포갠 채 진한 키스를 하고 있었다. 다른 승객들은 비난과 질시의 시선으로 두 사람을 흘금거렸다. 흥미로웠다. 키스하는 그들도, 그들을 바라보는 사람들의 제각기 다른 반응도. 나는 그날 밤 그 풍경을 짧은 소설로 써서 박제해두었다.

'Couples in Seoul.'

첫 번째 떠오른 문장이다. 깊은 밤 애달프게 서로를 끌어안고 떨어지지 않으려는 남자와 여자의 이미지는 오래 지워지지 않았다. 그 장면의 앞과 뒤, 그들이 함께 보냈을 어느 날을 상상했다. 이 지구라는 별에서 끊임없이 만나고 스쳐 지나가고 깊이 연루되고 다시 흩어지는 그들. 낯선, 혹은 낯익은 그들.

뜨겁고도 차가운 도시, 서울에서 마주친 모든 포옹을 그려보고 싶었다. 막 사랑을 시작한 연인, 이별을 앞둔 남녀, 추위와 배고픔을 피하려는 노숙자, 소년소녀, 술병을 끌어안은 알코올중독자, 중년의 동성애자가 등장하는 것은 그 때문이다. 나는 그들의 포옹을 양분 삼아 뻗어 올라가는 슬픔이라는 가지를 오래오래 바라본다.

'인간은 한때 식물이 아니었을까? 그래서 뿌리를 뻗고 얽던 습성이 남아 서로의 팔을 뻗어 안으려는 것 아닐까?'

두 사람은 가슴과 배를 밀착시키고 두 팔로 서로를 옥죄며 붙안은 채 몸을 떤다. 둘 사이에 놓인 거리를 단숨에 뛰어넘으려는 듯 필사적이다. 때로, 아니 자주 육체의 결합은 사랑과 욕망의 몸짓이 아니라 고독의 몸부림으로 보인다. 외롭다는 말과 안고 싶다는 말이 동의어라고 잠깐 하나가 된 두 개의 육체는 주장한다. 포옹은 인간이 고독을 숙명으로 태어난 서글픈 존재임을 스스로 폭로하는 동작이다.

당연한 일이겠지만 책은 애초에 계획했던 것과는 많이 다르다. 지하철 풍경처럼 그냥 스윽 한번 보고 지나칠 한 장면을 생각했는데 여기 있는 이야기들은 꼭 그렇지만은 않다. 사람이, 사람의 관계가 본시 그러한 것 아니냐고 누군가 아는 척하는 소리가 들린다.

3.

흔들리고 흔들리며 시간을 통과하는 사람들, 무릎에 상처 많은 사람들, 미간에 주름이 깊은 사람들 모두에게 진 빚은 이 책을 집어든 독자가 갚아주리라 믿는다. 잠시 머물고 오래 아쉬운 만남이라는 면에서 독자도 이 책의 주인공이다. 작가의 말이 길어지는 걸 보니 나는 이 책에 내가 하고 싶은 말을 다 쓰지 못한 모양이다.

책을 한 권 완성할 때마다 꿈 같고 마술 같다. 둘 다 금방 사라져 버린다. 둘 다 현실이 아니다. 어찌 내가 이런 일을! 또 하나의 마술, 또 하나의 꿈. 그리 나쁜 일은 아니기를.

Contents

Couples In Seoul

스물
다섯 개의
포옹

굿모닝,
조르바!

당신 정말 조르바인가요? 무조건 여자를 기쁘게 해줘야
한다는 게 그의 신앙이거든요.
당신은 확실히 유머러스한 조르바가 될 수 있을 거예요.

〈대부〉가 상영되는 극장 앞에서 당신을 만난 탓일까요? 내가 걸어오는 방향을 바라보고 서 있는 당신을 본 순간 말론 브란도의 얼굴을 떠올렸어요. 세상살이에 대해 결정적인 비법 하나를 알고 그것으로 사람들을 자신 아래 복속시키는 강한 남자. 검은색 셔츠와 선글라스 때문만은 아닐 거예요.

나는 일행을 찾아 두리번거렸죠. 아직 아무도 도착하지 않았더군요. 안도의 숨을 내쉬었죠. 허둥대다 오 분이나 늦었거든요. 당신은 나를 보고 의미심장한 웃음을 지었어요. 그때 내 머릿속에 어떤 빛 같은 게 반짝 지나갔어요.

"혹시, 설마 저만 초대한 건가요?"

내가 물었을 때 당신은 당당히 대답했어요.

"그럼요."

나는 어이없고 멋쩍어서 그냥 웃어버렸죠. 그랬던 거였군요. 동호회 총무인 당신의 전화를 받고 저는 번개모임인 줄 알았어요. 약속이 너무 간단하게 이루어져서 웬일인가 싶었죠. 편한 시간이 언제냐고 한 번 물어보고는 끝이었으니까요. 보통은 시간을 맞추기 위해 몇 번 의견을 조율해야 하거든요. 어리둥절하긴 했지만 기분이 나쁘진 않았어요. 어쩌면 오랫동안 기다려온 일인지도 모르겠어요. 당신도 오랫동안 별렀던 일이었을 거구요.

어떤 일은 처음부터 너무나 명백한 일이 있잖아요. 우리가 모임에 얼굴을 내밀던 첫날, 옆자리에 앉았던 당신이 내 어깨에 떨어진 머리카락 하나를 떼어주었죠. 내가 무안해할까 봐아주 조심스럽고 무심한 손길로 떼어내며 나를 향해 슬쩍 미소를 보냈어요. 내가 그 미소에 화답하던 순간, 두 개의 시선이 허공에서 엉키던 그 순간 예정된 일이었는지도 몰라요. 그때처럼 쭈뼛거리고 서 있는 나를 당신이 가만가만 살펴봤어요. 그냥 바라보는 게 아니라 나를 당신 눈에 담아두겠다는 의지가 느껴지는 눈빛이었어요.

"맛있는 밥 먹으러 갑시다."

당신은 예약한 식당이 있다며 앞서 걸었어요. 당신 뒷모습을 보면서 이상하게 언젠가 본 적이 있다는 느낌이 든 건 왜일까요. 우리가 이렇게 둘이 약속을 해서 만난 건 처음인데 오래전부터 같이 자라고 같은 학교에 다니고 가까운 곳에 살았던 사람처럼 당신의 움직임과 말과 태도가 낯익은 거예요. 생각 같은 건 하지 말자, 오늘은 그냥 소풍을 나온 거니까. 나는 엉뚱한 생각이 제멋대로 뻗어나갈까 봐서 그렇게 마음을 다잡았어요.

당신도 나도 먹을 때 소리를 내지 않았고, 깨작이지도 헐레벌떡 먹지도 않았어요. 너무 많지도 적지도 않은 얘기를 나누었으며 식사도, 대화도 서로 보조가 잘 맞는 편이었어요. 나물과 생선조림을 좋아하는 식성도 닮았구요. 모든 물리적 열정에서 자유로워졌을 때 우린 진정으로 타인을 사랑하게 되고, 그때가 진짜 인생을 살 수 있는 나이라고 당신은 후식으로 나온 오미자차를 마시며 나지막하게 말했어요. 그 순간 속에서 뜨거운 돌멩이가 목을 콱 틀어막는 것 같더군요. 눈시울이 뜨거워져서 얼른 고개를 숙였어요. 이런 말을 하는구나, 이런 말을 듣는구나, 우리가 그런 때이구나. 너무 늦었고 또 너무 이르고, 아니 바로 그때이구나, 두서없는 생각들이 서로 싸웠지만 아무 대답도 하지 못했어요.

조르바가 했던 비슷한 말을 기억해낸 게 전부예요. 인간의 영혼은 육체라는 뼐 속에 갇혀서 무디고 둔한 것이다. 육체가 희미해진 때가 바로 영혼이 움직일 때라는 말. 당신이 한 얘기와 마찬가지 뜻을 담고 있죠. 점심을 먹고 나서 당신은 팥빙수를 먹으러 가자고 제안했어요. 참, 얼마 전에 내가 그 유명하다는 나폴레옹제과점의 팥빙수 먹던 추억을 신나서 떠들었었죠. 당신은 용케도 그 얘기를 기억하고 있었던 거예요.

개인적으로 만난 당신은 어딘가 조금 달랐어요. 여유 있으면서도 열정적인 모습은 똑같았지만 말수가 줄어들었죠. 내 말만 골똘히 귀 기울여 들었어요. 아, 딱 하나 재밌는 얘기를 해준 게 있군요.

"나는 이 팔뚝으로 두 번이나 나를 구했답니다."

당신은 팔을 뽀빠이처럼 접었다 펴며 무용담을 펼쳤어요. 큰 교통사고를 두 번 겪었는데 그때마다 무쇠팔로 핸들이나 의자를 붙잡고 늘어져 위험을 모면했다면서요. 하느님이 짧은 다리를 주면서 미안하니까 튼튼한 팔을 덤으로 끼워준 거라고 태연히 농담을 했어요. 그 말을 하다 약점을 창피하게 괜히 내 입으로 떠벌렸다면서 곧 입을 닫아버렸죠.

돌아오는 길에 깨달았어요. 당신이 아무리 남자다움을 과시해도 속으로는 긴장하고 있었던 거예요. 말하자면 우리의 첫 데이트였으니까요. 당신의 이미지는 조직의 보스가 아니라 마음에 드는 여자 앞에서 쩔쩔매는 여드름투성이 소년으로 바뀌었어요. 내 옷 색깔과 목선을 칭찬하고, 커피의 기원을 설명하고, 말할 때 내 눈을 유심히 바라보던 그 시선은 소년의 것이었어요. 신경세포를 백 퍼센트 나에게 집중하고 있었으니까요.

참 오랜만이에요. 내가 누군가를 만나서 아이처럼 떠들었던 것도, 긴장해서 두서없이 말하다 얼굴을 붉혔던 것도, 당신의 마음을 계속 염두에 두면서 행동했던 것도. 그리고 무엇보다 그 모든 순간에 우리 사이에는 오직 우리밖에 없었음을 알아요. 아무런 이해관계도 고정관념도 사심도 없이 서로에 대한 호기심만이 그 시간을 버텨주었죠.

당신도 나도 사춘기 소년소녀처럼 정신없이 어떤 공기의 흐름에 빨려 들어갔어요. 말을 하는 동안 가끔 가슴이 답답했어요. 정작 해야 할 말을 제대로 표현하지 못해 분위기도 못 맞추고 너무 싱겁게 앉아 있는 건 아닌가 염려됐어요. 그랬다는 것도 집에 와서야 알았지만. 아직도 가슴이 뛰는구나, 아직도 그 순간의 흐름이 끝나지 않았구나.

탕평채의 깔끔한 맛이, 팥빙수의 얼음조각이, 당신이 사용한 단어 하나하나가 계속 내 곁을 맴돌았어요. 이게 열여섯 살이 아니고 뭐겠어요. 혼자 가만히 누워 있다가, 청소하다가, 밥 먹다가 자꾸만 피식피식 웃는 거예요. 내가 미쳤다, 미쳤어. 하지만 부끄럽지 않았어요. 부끄럽기는커녕 그 시간들이 나를 부드럽게 감싸는 느낌에 행복하기까지 했답니다.

둘 다 팥빙수의 얼음을 수저로 살살 떠서 먹는 걸 보고 우린 마주보며 키득거렸죠. 서로 이유를 안다는 뜻이에요. 당신도 나처럼 빙수의 얼음을 휘저어 다 녹여서 먹는 걸 불결하다고 생각하는 거예요.

우리가 쉰 살을 넘겼다는 게 믿어지나요? 내가 열 살만 젊었더라면, 이런 말 많이 했었는데, 정작 그 말을 써야 할 지금은 쉰세 살이라는 내 나이에 대해 아무런 회한도 느껴지지 않아요. 당신이 나에게 내 나이를 자랑스럽게 여기도록 만들었으니까요. 이 나이에 비로소 이토록 마음을 설레고 자다가 눈을 떠서는 살짝 눈물까지 흘리다니 믿을 수 없어요. 왜 울었냐구요? 당신이 헤어지면서 한 말 때문이에요.

"우리는 전생에 뭐였을까요? 나는 당신의 연인이었을까요? 오빠였을까요? 남동생이었을까요? 아니면 영영 남이었을까요? 그게 갑자기 궁금해졌습니다."

나는 할 말이 딱 막혔어요. 그런 생각은 해본 적이 없거든요. 곰곰 생각을 해보니 당신이 나의 오빠였을 것 같아요. 다정한 말이나 엇비슷한 습관이나 취향이 무척 가깝게 느껴져서 가족일 것만 같았어요. 당신이 뭐랬는지 기억나요? 나는 마님이고 당신은 머슴이었을 거래요. 그래서 당신은 항상 나를 멀리서 바라만 보다가 그게 한이 되어 이 세상에 태어나 이렇게 늦게라도 만난 거라구요.

"내가 착한 일을 조금이라도 했다면 그 덕분에 상으로 당신을 만나게 된 걸 겁니다."

당신의 그 말이 어찌나 가슴 아프던지. 남이 이런 말을 했다면 바람둥이의 달콤한 속삭임에 속지 말라고 충고했을, 너무 번드르르한 감언이설이잖아요. 그런데 그 말을 들을 때도 나중에 돌이켜 생각할 때도 왜 그렇게 마음이 사무쳤는지 모르겠어요. 딱 가슴이 미어진다는 말 그대로 말문이 막히고 숨도 막히고 슬프기만 했어요.

사실 나는 열렬한 사랑을 한 번도 해본 적이 없어서 사랑에 빠지면 어떤 기분인지 잘 몰라요. 어제도 한밤중에 당신 말이 생각나서 또 바보같이 눈물을 흘렸어요. 혹시 이게 사랑의 시작일까 생각하다가, 사람들이 그렇게 떠들어대는 대단한 사랑이 고작 가슴이 미어지는 것일 리 없어, 더 멋지고 화려하고 짜릿한 어떤 기분일 거야, 그러고는 다시 잠을 청했죠.

꿈에서 그리스인 조르바를 봤어요. 예전에 책과 영화에서 만난 뒤 꽤나 빠졌었는데 까마득히 잊고 있었거든요. 내 꿈은 원래 거의 다 개꿈이에요. 말도 안 되는 얘기가 마구 뒤엉킨 파노라마죠. 꿈속의 나는 조르바를 만나러 가요. 우락부락한 조르바 얼굴이 지은이인 카잔차키스의 얼굴로 변했다가 다른 여러 얼굴이 되었다가 나중에는 당신 얼굴로 바뀌었어요. 당신의 표정이나 이목구비, 얼굴 윤곽이 조르바와 꼭 닮아서 얼마나 놀랐는지 몰라요.

바위가 많은 어느 섬에서 낚시를 하려는지, 먹을 걸 찾으려는지, 아니면 그냥 산책을 하는 건지 우리 둘이 풀숲을 헤치고 모래밭을 하염없이 걸어 다니더군요. 그러다 꿈에서 깼어요. 아무것도 하지 못했는데 아쉽기는커녕 그 하염없는 발길이,

그 시간이 아늑하게 가슴을 채웠어요.

무슨 병이 걸린 게 틀림없어, 그러며 일어나 창문을 열었죠. 해가 조금씩 올라오고 있었어요. 방 안을 환히 밝히는 아침 해를 보는데 저절로 미소가 지어지는 거예요. 그리고는 또 깜짝 놀랐어요. 나는 아침이 오는 걸 무척 싫어해서 아침에 잘 일어나지도 못 하고 아침시간이 제일 우울하거든요. 그런 내가 알람도 켜지 않고 일찍 일어나 해를 보면서 웃다니요.

정말 나는 다른 사람이 되었나 봐요. 이 정도면 내가 흥분해서 당신께 이렇게 긴 편지를 쓰는 핑계로 충분하지 않아요? 한 가지 이유를 더 말한다면 해를 보면서 당신도 저 해를 봤으면 좋겠다, 그렇게 기도했어요. 이따가 해가 질 때 당신도 그런 마음이 들거든 나한테 답장을 써요. 조르바처럼 유머를 곁들인 아주 능청스러운 편지를. 이제 배가 고파졌어요. 빨리 아침을 먹어야겠어요. 힘내서 새로 맞은 하루 잘 보내려면요. 당신도 진정 그러길 바래요.

추신) 참 고맙다는 인사 빼먹었네요. 택배로 보내주신 선물 잘 받았어요. 그날 제가 떨긴 떨었나 봐요. 발을 헛디뎌 구두굽이 부러지다니요. 맘먹고 신고 나간 하이힐이 그렇게 까탈을 부릴 줄이야. 부러진 굽을 붙여보려고 요리조리 매만질 때 내

발 사이즈를 보셨군요. 빨간색 구두 항상 신어보고 싶었는데 마음에 꼭 들어요. 이 신발은 굽 부러뜨리지 않고 오래 간직하면서 잘 신을게요. 포장지에 붙은 포스트잇 보고 한참 웃었어요. 마님을 잘 모시지 못해 죄송합니다. 당신 정말 조르바인가요? 무조건 여자를 기쁘게 해줘야 한다는 게 그의 신앙이거든요. 당신은 확실히 유머러스한 조르바가 될 수 있을 거예요.

미인은 아름답다는 이유 하나만으로 착취의 대상이 된다. 그 기간조차 길지 않다. 그녀 주변에는 언제나 사람들이 모여들고 찬미와 칭송을 아끼지 않지만 정작 그녀에 대해서는 알려고 하지 않았다.

미인

찻잔을 든 그녀의 손은 투명하리만치 회고 가늘다. 찻잔에 멈춰 있던 눈을 들어 창밖을 내다본다. 서늘한 눈빛과 목선, 쇄골과 느리게 움직이는 손짓은 하나의 이미지로 그녀를 그곳에 묶어둔다. 우아하고 고요한 움직임과 달리 그녀의 표정은 어둡다. 슬픔이 가득한 얼굴로 차를 마시고 조용히 찻잔을 내려놓는다. 낮은 한숨소리가 얇은 입술에서 새어 나온다. 고개를 숙이고 한참 동안 손가락으로 찻잔 테두리를 만지작거린다. 다른 테이블에 앉은 사람들은 처음에는 이목을 끄는 미모 때문에 그녀를 흘긋거리다가 곧 그녀가 눈물이라도 흘리지 않을까 불안한 표정으로 그녀를 주시한다.

그녀는 고개를 들고 다시 창밖을 바라본다. 두 손으로 뺨을 문지르며 표정을 수습한다. 말아 올려 묶은 머리 아래 목덜미에 한 남자의 손이 닿는다. 그녀는 그를 향해 미소를 짓는다. 조금 전의 그녀 모습은 온데간데없다. 다정한 눈빛과 표정으로 남자와 인사를 나눈다. 그것도 잠시 그녀의 표정은 도로 굳어진다. 남자의 손은 그녀의 손을 잡고 다시 그 손은 그녀의 뺨으로 옮겨간다. 너무 자연스러운 나머지 습관적인 동작으로밖에 안 보인다. 그녀는 남자를 조금 망설이는 눈빛으로 쳐다보지만 입을 열지는 않는다. 그녀 얼굴의 어둠은 쉬이 걷히지 않는다.

남자가 그녀를 만나는 이유는 한 가지였다. 차가운 관능미. 그 이유 하나면 말이 통하지 않아도, 사달라는 게 많아도, 때와 장소를 가리지 않는 신경질도 참아줄 수 있었다. 키스조차 해 본 적 없을 것처럼 청순해 보이는 그녀가 침대에서는 능숙한 테크닉으로 욕망을 실현할 줄 알았다.

　이전에도 남자들이 그녀를 만나는 이유는 대체로 그러했다. 침대에서 그녀만큼 육감적인 여자를 만난 적이 없었으므로 그들은 그녀에게 집착했다. 그녀는 섹스를 뜨거우면서도 산뜻하게 즐기는 타입이었다. 당연히 남자가 끊이지 않았다. 세월이 흐를수록 그녀의 관능은 무르익었다. 그녀는 멋진 하룻밤을 위해 남자가 아낌없이 돈을 쓰게 했고 그 보답으로 자신은 아낌없이 몸을 썼다.

　"아름다워. 너처럼 아름다운 사람은 본 적이 없어."

　남자의 찬사에 그녀는 짙고 긴 속눈썹을 내리깔고 쑥스러워했다. 굳이 그녀에게서 단점을 찾자면 수줍음이 좀 많은 편이다. 사실 침대가 아닌 곳에서는 단아하고 조용한 성격이라 반쯤 핀 튤립 같다고 말한 남자도 있었다. 그 꽃이 활짝 피면 더 없이 화려하고 요염하다는 것은 경험해본 남자들의 공통된 감상이었다.

　"잘 지냈어?"

남자는 자리에 앉자마자 안부 인사를 건넸다.

"그럭저럭."

어휘력이 풍부하지 않은 그녀는 지금 자신의 심경을 표현할 적당할 단어를 찾을 수 없었다.

'짐작한 것보다 나쁘군.'

석연치 않은 감정, 식었다고밖에 말할 수 없는 감정을 걱정했지만 막상 닥치니 훨씬 당황스러웠다. 남자는 머릿속에 무슨 생각이 들어 있는지 표정은 무덤덤하다. 유효기간이 다 되어 선반에서 치워지기 직전일 때의 통조림 기분이 이럴까, 그녀는 느닷없는 생각을 했다.

미인은 아름답다는 이유 하나만으로 착취의 대상이 된다. 그 기간조차 길지 않다. 그녀 주변에는 언제나 사람들이 모여들고 찬미와 칭송을 아끼지 않지만 정작 그녀에 대해서는 알려고 하지 않았다. 그들은 그녀가 자신의 삶을 얼마나 풍요롭고 행복하게 했는지에 대해서만 떠들어댄다. 그녀 존재를 관계의 중심에 놓아본 적은 없었다. 그녀의 매력만이 그 관계를 지탱하는 지렛대 역할을 한다. 그녀가 자신에게 줄 수 있는 것, 자신이 그녀에게서 가져갈 것에만 관심이 있다. 그것에 대한 보답으로 이따금 비싼 선물을 하기도 하지만 진짜 그녀를 기쁘게 하는 것이 무엇인지 아는 사람은 드물다.

조금 전의 다정한 손길과는 대조적으로 남자의 표정은 딱딱하게 굳어 있었다. 그녀는 어찌할 바 몰라 찻잔을 들었다 놨다 했다.

"춥죠?"

그녀가 간신히 생각해낸 말은 공허하게 허공을 울렸다.

"겨울이잖아."

남자의 대답은 겨울공기보다 건조했다. 성의도 흥미도 없음을 드러내고도 남을 만큼 냉랭한 목소리였다. 남자는 그녀를 만나면 호들갑스러울 만큼 옷차림과 미모를 한참 동안 칭찬했었다. 감정 표현이 풍부하고 솔직한 사람이었다. 그녀는 다시 창밖으로 시선을 보낸다.

'겨울이라 춥구나.'

자신과 그가 한 말을 한 문장으로 만들어보았다. 거리를 오가는 사람들의 걸음이 빠르다. 주머니에 손을 찔러 넣고 부지런히 갈 길을 재촉했다. 남자의 입에서 다음 말은 이어지지 않았다. 그녀는 그를 위해 차를 한 잔 주문하면서 지난 만남을 떠올렸다. 하마터면 목소리에 울음이 섞일 뻔했다. 어처구니없는 일들이 연이어 일어난 몇 달이었다.

"자기 여기가 일 인치만 더 컸으면 나는 아마 죽었을 거야."

절정에 이른 남자가 그녀의 젖가슴을 가리키며 말했다. 그 말은 남자의 간절한 눈빛에 힘입어 꽤나 그럴듯하게 들렸다. 탐스러운 가슴을 자랑하는 그녀인지라 수술 같은 건 상상해본 적도 없었다.

"정말?"

"그러엄. 훨씬 섹시할 거야."

"지금은 아니고?"

"아니 아니, 지금도 물론 섹시하지. 그런 말이 아니고, 뭐랄까. 그래, 금상첨화일 거란 말이지."

남자는 감탄사를 넣어가며 길게 설명했다. 그녀가 만나온 남자 중에 가장 오래 사귄 남자였고, 그녀의 까다로운 성격을 가장 잘 이해해준 남자였다. 그녀는 그를 위해 뭔가 한 가지 해주고 싶었다. 더구나 지금보다 더 섹시해진다면 자신에게도 좋은 일이라고 생각했다.

그녀는 다음 날 바로 성형외과를 찾아갔다.

"이렇게 완벽한 미인이 어디가 마음에 안 들어서 오셨을까?"

의사는 잔뜩 긴장한 그녀를 편하게 해주려는 의도였는지 농담으로 상담을 시작했다.

"일 인치만 늘려주세요."

그녀는 긴장이 가시지 않은 목소리로 오른손을 들어 가슴을 가리키며 말했다.

"한쪽요, 아니면 양쪽 합쳐서요?

의사의 목소리는 냉장고나 컴퓨터를 수리하러 온 에이에스 기사를 닮았다. 그 기계적인 목소리가 오히려 그녀를 안심시켰다. 이런 경우에 대한 경험도 대비도 없던 차라 잠시 망설이다 각각, 이라고 대답했다.

'이왕 키울 거면 좀 더 크게 하는 게 좋겠지. 같은 값이라면 말이야.'

수술은 성공적이었다. 더 탄력 있고 더 풍만해진 가슴은 마음에 쏙 들었다. 그녀는 목욕탕 거울 앞에 서서 자신의 누드를 보며 스스로 감탄했다. 남자의 예상대로 더욱 섹시해 보였다. 밖에 돌아다닐 때도 큰 가슴 때문에 블라우스의 단추가 가끔씩 살짝 벌어지면 상대방의 시선이 거기 멈췄다. 노출증 성향이 있는 그녀는 그것도 만족스러웠다.

그녀는 남자에게 전화를 걸었다. 제일 먼저 보여주고 싶었다. 남자는 그녀의 집으로 곧장 달려왔다. 그는 커피머신에 물을 올리고 잔을 꺼내는 그녀를 뒤에서 끌어안았다.

"어디 한번 보자. 이리 와봐. 지금 커피가 문제야? 나 너무 궁금하단 말이야."

남자는 그녀의 셔츠블라우스의 윗단추를 끌렀다. 그녀는 자신만만하게 미니스커트만 남기고 블라우스와 브래지어를 벗었다. 광고 속의 여배우처럼 벗은 옷을 보란 듯이 하나씩 침대 아래 여기저기로 던졌다. 알몸이 된 상체를 앞으로 쭉 내밀었다. 작은 풍선만 한 젖가슴이 남자의 눈앞에서 탄력 있게 출렁이며 시선을 가로막았다.

"오! 나의 여신! 나에게 먹이를 주오. 배고픈 나를 먹여주오."

그는 달려들어 두 손으로 그녀의 젖가슴을 움켜쥐었다.

"과연 멋진 가슴이야!"

그는 행복해했다. 눈을 감은 채 그녀의 젖가슴을 쥐고 한참을 그대로 서 있었다. 이 순간의 흥분을 되도록 오래 즐기고 싶었다. 급기야 고개를 숙여 유두에 혀를 갖다 댔다. 잠시 후 남자가 고개를 들었다. 어? 놀란 기색이었다.

"왜?"

그녀 또한 놀란 표정으로 물었다.

"아무 느낌 없어? 자기 오늘 너무 덤덤한걸. 긴장해서 그런가?"

보통 그들의 섹스는 이렇게 시작되었다. 남자가 스위치를 누르듯 그녀의 유두를 깨물면 그녀는 급소를 찔린 듯 몸을 비틀었다. 이내 단내를 풍기며 낮은 교성이 그녀의 입에서 흘러나왔다. 그것을 신호로 남자는 애무의 속도와 강도를 높여갔다. 지금 그녀는 미동도 없이 가만히 서서 그를 바라보고만 있다.

"좀 더 자극적으로 깨물어봐."

그녀는 다급한 표정으로 주문했다. 그는 혀와 입술을 이용해 최대한 자극적이라고 생각한 동작의 애무를 했다. 냉장고에서 얼음을 꺼내 입에 물고 유두를 문질렀다. 그녀는 차갑다고 진저리를 칠 뿐 여전히 반응이 없다. 이번에는 그녀도 뭔가 이상하다는 듯 눈동자를 굴렸다.

"자기야, 이상해. 아무 느낌이 없어."

"뭐?"

"정말이야. 어떻게 된 거지? 열이 오르질 않아. 몸에 불이 꺼진 느낌이야."

그렇게 얼마간 실랑이를 벌이다 가슴이 아닌 다른 성감대를 공략해서 소기의 목적을 달성했다. 하지만 그녀의 표정도 남자의 표정도 밝아지지 않았다. 큰 것을 잃은 기분, 다시는 되찾을 수 없을 거라는 낭패감이 조각칼로 판 듯 얼굴에 뚜렷이 새겨져 있었다. 주섬주섬 부랴부랴 그들은 헤어졌다. 그 후 두어 번의 만남과 섹스가 시도되었지만 만족도는 점점 더 떨어졌다. 그리고 오늘 다시 만난 거다.

"그동안 뭐 하면서 지냈어?"

남자는 전혀 애정이 담기지 않은 목소리로, 형식적인 어투로 물었다.

"그냥 살았지 뭐. 똑같이."

그녀는 진심이 아닌 것이 분명한, 어딘가로 도망가고 싶은 목소리로 답했다.

"얼굴이 좀 빠졌네."

"그래?"

다른 때 같았으면 정말이냐고 거듭 물었을 것이고 날씬해졌다고 기뻐했을 것이다. 남자는 빈말로라도 밥은 먹었느냐고 묻지 않는다. 오후 세 시 약속이라 식사시간을 피하려는 의도가 있었다손 치더라도 예의를 따지는 사람이라면 한 번쯤 물어야 할 질문이다. 그는 매너가 좋은 남자였으니까.

"뭐 하고 싶은 거 있어?"

그녀는 남자한테 그런 질문을 전에도 받아본 적이 있나 생각해본다. 어쩐지 처음 들어본 질문 같았다. 그는 늘 프로그램을 짜서 그녀를 만났고 뭐든 그녀와 같이 하고 싶어 했다. 지루한 걸 못 참고 이벤트를 좋아해서 새로운 것을 해보자고 제안하는 때가 많았다. 지금 그는 그녀와 하고 싶은 게 아무것도 없다는 걸 고스란히 얼굴에 드러낸 채 그녀를 바라본다.

"뭐, 별로."

그녀도 마찬가지였다. 그 무엇도 하고 싶은 기분이 아니었다. 가슴이 답답해서 소리라도 지르고 싶었다.

"그 옷 입었네. 내가 그 옷 싫다고 했잖아. 나이 들어 보여."

그녀는 남자가 입은 집업스웨터를 눈으로 가리켰다.

"어, 그랬던가. 자기야말로 오늘 화장이 좀 떴다. 신경 좀 쓰고 나오지 그랬어."

반격이라도 하듯 그는 그녀의 흠을 찾았다. 사실이 그렇다면 어젯밤에 잠을 잘 못 자서 그럴 거다. 계속 나쁜 꿈을 꾸었고 꿈과 꿈 사이에는 잡념이 그녀를 괴롭혔다. 그 생각을 하니까 갑자기 피로가 한꺼번에 몰려왔다.

"할 일도 없는데 그냥 집에 갈까?"

그녀의 입에서 충동적으로 나온 말이었다.

"그래? Are you sure?"

말하기 곤란한 얘기를 꺼낼 때 그는 영어를 썼다. 영어 뒤로 진심을 숨기고 싶은 것이다. 일종의 가면이다.

"응."

"그러자 그럼. 자기가 원한다면."

역시 용의주도한 남자다. 마지막 순간에 공을 여자에게 던져 자기 잘못은 아님을 확실히 한다. 그녀는 조그맣게 한숨을 쉰다. 마지막으로, 아마도 마지막일 것이 분명한 이 순간에 그녀는 남자의 눈빛을 들여다본다. 그래도, 그래도 그렇지, 그 단어가 입속을 맴돈다.

아름다움을 이유로 그녀는 언제나 유혹의 혐의를 뒤집어쓰고 착취의 유효기간이 지나면 간단히 폐기처분된다. 넌 아름답고 누군가 또 너의 아름다움을 탐하는 자가 있을 테니 난 이만 물러가도 괜찮겠지? 그녀의 아름다움은 떠나는 자에게 면죄부를 준다. 그녀는 따질 의욕도 맞설 공격성도 남아 있지 않다. 몇 번 이런 과정이 반복되는 사이 아름다움은 서서히 시들고 그녀에게 남은 건 상실과 박탈감의 기억뿐이다. 아름다움이 주인공이 되었을지는 몰라도 관계에서 그녀 자신이 주역을 맡았던 적은 없었다. 여자들에게는 경계와 질시의 대상이며 남자들에게는 욕망과 정복의 대상이었다.

"자기, 생각보다 차가운 남자네."

"그런가 봐."

남자는 마음을 굳힌 모양이다. 조금의 틈도 보이지 않는다. 그녀가 매달리려고 한다면 더 냉정해질 태세다. 그녀는 눈물이 나오려는 걸 가까스로 참고 일어선다. 눈물까지 보이면 죽고 싶을 것이다. 자아도취의 비극은 이렇게 막을 내린다.

"내가 먼저 일어나도 괜찮지?"

남자가 마침내 이 말을 뱉어낼 때까지 그녀는 자리를 박차고 일어나지 못했다. 바보 같고 창피하고 죽고 싶다는 건 생각뿐 몸은 꼼짝하지 않았다. 존재 그 자체로 유혹일 수밖에 없는 자의 비애는 스스로 진정 자신을 사랑하지 못한다는 점이다. 허울을 뒤집어쓰고 타인의 농간에 자신을 맡기는 편이 훨씬 드라마틱한 인생이 될 터이니. 그것에 대해서라면 지나치게 많은 경험을 해왔으므로. 미인이 자신을 되찾는 방법은 오직 '고독'뿐일진저. 모든 아름다운 것들은 다 스스로 깊어지니 고독을 두려워 마라. 허나 어느 누가 그녀를 고독하도록 내버려둘 것인가. 그러하므로 그것은 끝내 가질 수 없는 것이다. 언제나 빈손이다. 그녀는 그대로 앉아 빈 찻잔을 만지작거린다.

당신의 얼굴

먼 곳에서 당신은 웃는 얼굴로 말합니다.
"사랑은 아무 잘못 없다. 너의 욕심이, 너의 조급함이,
너의 불신이, 너의 옹졸함이 너를 고통에 빠뜨렸다."

동그랗거나 길쭉하거나 세모나거나 네모난 얼굴. 머릿속에 떠오른 여러 얼굴 중에 당신의 얼굴을 고릅니다. 잠시 생각을 멈추고 가장 최근에 본 당신 얼굴을 생각합니다. 몇 시간 동안 지켜본 당신 얼굴 중 하나가 눈앞에서 딱 멈춥니다. 당신은 눈을 조금 크게 뜨고 의혹이 담긴 눈길로 나를 바라봅니다.

'무슨 뜻이지?'

뭐 그런 표정이었을 겁니다. 하지만 입을 열지는 않습니다. 입을 꼭 다문 당신 얼굴은 무섭습니다. 웃지도 않고 말도 하지 않을 때 당신이 무슨 생각을 하고 있는지 나는 잘 모르니까요. 내가 모르는 당신, 내가 알 수 없는 것을 가진 당신, 나는 두렵습니다.

'사실은 나도 잘 모르겠어요.'

나는 그 말을 담은 표정을 지어 보였어요. 당신과 관련된 일이라면 나는 대부분 그런 표정을 짓곤 했습니다. 내가 이전에 알고 있던 단어들, 문장들, 의미들이 당신에게는 통용되지 않아요. 그것만 가지고는 당신을 해석할 수 없어요. 당신은 어떤 기준에도 딱 맞아떨어지지 않는 좀 별난 사람이거든요.

오늘 오후, 당신은 일을 하다말고 나를 만나러 뛰어왔습니다. 전화로 얘기하거나 몇 번 만나는 동안 당신은 중대한 질문이 있다는 암시를 여러 번 했어요. 하지만 그걸 묻기 위해 불현

듯 나를 찾아올 줄은 몰랐습니다. 그것 봐요. 나는 당신에 대해 이렇게 모르는 것이 많답니다.

"나를 도와줄 수 있나 물어보고 싶었어."

그런 말은 당신의 것이 아닙니다. 이렇게 내가 당신에게 깊이 연루되도록 하는 말을 당신이 전에도 했었나 되짚어봅니다. 나는 무얼 도와주어야 하냐고 물었고 당신은 어려움에 빠진 일에 대해 조금 장황하게 늘어놓습니다. 사람 문제이고 또한 관계의 문제이자 일의 문제였습니다. 번거롭고 귀찮은 일들이란 해결하고 나도 늘 새로이 생겨나게 마련이지요. 그런 것들은 항상 복잡해 보이지만 해법은 단순합니다. 그 사람이 혹은 그 일이 나에게 꼭 필요한지, 그리고 내가 그것을 해낼 수 있는지만 판단하면 되니까요. 그러니 그것에 대한 내 답은 늘 간단할 수밖에 없지요.

당신은 내 말을 금방 알아들었습니다. 그런데 이상하게도 얼굴은 더 캄캄해졌습니다. 아마도 정말 내게 묻고 싶었던 건 그것이 아닌 다른 말이었을 겁니다. 그 말이 끝나고 당연히 이어져야 할 말은 끝내 당신 입에서 나오지 않습니다. 나는 모른 척했습니다. 당신은 내내 불편한 얼굴을 하고 있다가 돌아갔습니다. 헤어지고 십 분쯤 뒤 나한테 다시 전화를 걸어왔지만 이번에도 당신은 내가 먼저 물어주길 바라는지 먼저 말을 꺼내지는 않았습니다. 이건 그런 종류의 일이겠지요.

누구라도 입을 열어 털어놓기 힘든 위험물질 같은 것.

전화는 끊어졌고 당신은 당신의 곳으로 나는 나의 곳으로 돌아옵니다. 여전히 마음은 물음표 천지였지만, 그걸 안고 오래도록 마음을 앓아야 한다는 걸 알지만, 우리 둘 다 절대로 그걸 섣불리 해결하지 않을 것이라는 점도 잘 압니다. 섣불리라니요. 그 단어는 우리 사이에 있을 수 없습니다. 차라리 그랬으면 좋겠지만 우리는 어떤 해법도 성에 차지 않아 하는 사람들입니다. 섣불리 움직이기는커녕 미동조차 하지 못하고 있습니다.

우리는 닮은꼴처럼 서로를 알아보지만 서로를 위험에 처하게 할 만큼 용감하지 못하기 때문에 늘 그만큼의 거리에서 서로를 바라봅니다. 그 거리가 오늘은 아주 슬픕니다. '슬픔의 자리'라고 내가 이름 붙인 그 자리에서 나는 웁니다. 이 자리는 잠깐 머무는 정거장이지 종착역은 아닐 거라고 믿습니다. 곧 떠나야 할 곳이지요. 그래야만 해요. 꼭 그래야만.

그날을 생각합니다. 내가 당신을 향해 살짝 웃으면서 손을 흔들 수 있는 날.

당신의 얼굴은 여전히 둥그렇거나 네모나겠지만 아무 말도 입 밖으로 내뱉지 않고 가만히 있어도 크게 상처 받은 느낌이 들지 않는 날.

들을 수 없는 말을 들으려 하지 않고, 하지 않으려는 말을 하라고 다그치지 않을 수 있는 날, 당신과 내가 미루나무 그늘에 나란히 기대앉아 낮잠이라도 잔다면 참 행복할 거예요.

중국 고전 《장자》에 자신을 계속 따라오는 그림자를 두려워하는 사람이 나옵니다. 그는 있는 힘을 다해 빠른 속도로 도망칩니다. 그가 아무리 빨리 달려도 그림자는 지치지 않고 따라옵니다. 누군가 충고합니다. 당신이 나무 그늘에서 쉬고 있으면 그림자도 더 이상 당신을 따라오지 않을 거라고요. 왜 그는 그 간단한 답을 몰랐을까요. 방금 당신 생각을 하는데 그 고사가 떠올랐어요.

'아, 나는 이제 나무 그늘에서 잠시 쉬어야겠구나. 그러면 당신도 내 옆에서 조용히 쉴 수 있겠구나.'

이 말조차 당신에게는 슬프게 들릴 뿐이라는 말은 하지 마세요. 제발 달리기를 멈추지 말아달라는 말도 하지 마세요. 적어도 지금은 말이에요.

당신의 얼굴이 기억나지 않습니다. 당신이 내게 주문을 걸었기 때문일 겁니다. 얼굴부터 잊으면 다른 것들은 더 금세 따라서 잊혀질 것이라고. 그래도 당신 얼굴의 감촉과 냄새는 여전히 주위를 맴돌겠지요. 당신은 왜 내게로 왔으며 나는 왜 당신 손을 잡았을까요? 먼 곳에서 당신은 웃는 얼굴로 말합니다.

"사랑은 아무 잘못 없다. 너의 욕심이, 너의 조급함이, 너의 불신이, 너의 옹졸함이 너를 고통에 빠뜨렸다."

당신 말이 다 맞습니다. 그래도 여전히 나는 외롭습니다. 당신이 있어서 이 외로움 홀로 삼켜도 좋다고 말할 날이 있을까요. 그런 날은 아마 오지 않을 것입니다. 당신이 너무 먼 곳에 있다는 이 현실이 내게는 풀지 못해 끙끙대는 방정식만큼 난감하고 절망적입니다.

아무리 봐도 얼굴은 참 신기하지요. 얼굴 하나에 눈빛, 말, 숨결, 표정, 모든 것을 가지고 있으니 말이에요. 거기에는 이 우주가 다 담지 못한 진실과 말, 전하지 못한 이야기들이 땀구멍처럼 촘촘히 박혀 있잖아요. 언제부턴가 내 눈에는 당신의 얼굴보다 그 얼굴 어딘가 숨어 있는 그 이야기들이 먼저 보입니다. 이상하게 들리지요? 이야기가 보이다니요. 하지만 사실인걸요. 내게 당신은 손때가 묻도록 반복해서 읽은 머리맡의 책이니까요. 난 당신을 잘 읽어낼 수 있어요. 행간과 은유와 상징으로 자신을 꽁꽁 싸매봤자 내 눈에는 다 읽혀요.

눈빛과 숨결과 표정 말고, 오직 뜨겁고 부드러운 혀로 모든 것을 말할 날이 올까요?

그날이 언제 오든 지금 나는 낮에 본 당신 얼굴이 금강석처럼 단단히 박힌 내 눈을 감을 수가 없어요. 이 눈을 감는다면.

이 눈을 감으면 당신이 사라져버릴 것만 같아요. 당신 얼굴이 희미해져 잘 보이지 않을 때는 저절로 눈물이 흐릅니다. 눈물에 씻긴 당신 얼굴은 다시 해맑게 되살아납니다. 언제나 물음표를 달고 있는 당신 얼굴. 아, 고운 얼굴.

새벽 다섯 시,
별들은 제 집으로
돌아간다

모든 별들에게는 낮이 찾아오고 낮에는 별들이 집으로 돌아
가야 한다는 걸 알아가면서 그의 눈에서 반짝이던 빛도
흐려졌다.

새벽을 사랑한 소년이 있었다. 새벽별을 사랑하고 새벽에 혼자 걷는 골목길을 사랑한 소년. 그는 기도와 초콜릿과 신의 압도적인 권능을 사랑했다. 그땐 그것이 사랑인 줄도 몰랐다. 그 후로도 그에게 진정 찾아온 사랑은 사랑인 줄도 모르고 사랑했다.

한 새벽이 있었고 수많은 새벽이 이어지는 동안 소년은 청년이 되었고 장년이 되었고 중년이 되었다. 그를 이끈 것은 언제나 새벽별이었다. 별들이 언제까지고 자신의 인생을 비추어 줄 거라고 믿었다. 소년의 그 믿음은 길을 걸을 때마다 이정표가 되어주었다.

그가 기억하는 첫 새벽. 그날 그를 내려다보았던 새벽별. 그 둘의 인연은 그토록 길고 진하고 아득한 것이었다.

소년은 꿈속에서 골목을 걷는다. 골목은 어두워 자꾸 발을 헛디뎠다. 불쑥 나타난 야경꾼은 아직 통금이 해제되지 않았다고 소년을 나무란다. 소년은 울면서 꿈에서 깬다. 방 안은 깜깜하다. 눈을 떴는데 아무것도 보이지 않는다. 식구들의 코고는 소리에 안도한다. 그때 통금해제 사이렌이 울린다. 아침잠 많은 열두 살 소년은 이불 속에서 시간을 좀 더 지체한다.

새벽 다섯 시, 소년은 집을 나와 어두운 골목을 더듬거리며 걷는다. 묵같이 엉겨 붙은 어둠과 한겨울 추위 때문에 그의 걸음은 느리다. 성당까지 가는 길은 매일 조금씩 다르다. 오늘은 더 어둡고 더 멀다. 꿈에서 여러 곳을 돌아다니느라 배가 고파진 탓이다. 서양 신부님이 주는 초콜릿의 달콤한 맛이 벌써 입안에 침과 함께 고인다.

육중한 성당 문을 열자 백인 신부의 기침 소리가 들린다. 잠이 없는 늙은 신부는 항상 먼저 일어나 소년을 기다리고 있다. 소년은 복사방에 들어가 얼른 복사옷을 갈아입고 신부의 방으로 건너간다. 신부가 미사복에 팔을 끼우는 것을 도와주고 예배실로 따라간다. 조용한 성당 안에 두 사람의 발자국 소리가 울려 퍼진다.

이 시간의 새벽은 길다. 고요하다고밖에 말할 수 없는 침묵, 거룩하다고는 아직 말할 수 없는 정적이 신도들이 당도하기 전까지 이 성당의 주인이다. 부스럭거리는 옷자락 소리와 신부의 목에서 나는 가르릉 소리가 이따금 정적을 흩트린다. 늙은 신부의 기침 소리는 오래된 기계의 닳은 모터 소리를 닮았다.

'신부는 늙었다. 신부는 곧 죽을 것이다.'

할아버지의 죽음을 기억하고 있는 소년은 신부를 볼 때마다 그 생각을 했다. 적어도 삶보다는 죽음에 훨씬 가까운 사람이라는 것을 안다. 통증을 호소하는 소리로 그의 몸에 아직 목숨이 붙어 있다는 걸 간신히 증명하고 있다. 고국도 자신을 낳아 준 부모도 그에게는 전생처럼 먼 이야기였다. 아버지인 저 위 하늘에 계신 하나님과 어머니인 성모마리아에게 바친 청춘과 인생도 이제 막바지에 달했음을 모두가 알고 있다.

다른 아이들은 배를 긁으며 늦잠을 자고 엄마의 잔소리를 들으며 일어날 시간, 소년은 식구들과 음식 냄새가 있는 집을 떠나 신이 기다리고 있는 성당에서 신의 섭리를 배운다. 신부는 자기가 원하는 것을 고백하고 하나님이 원하는 것을 듣는 것이 복사의 길이라고 말했다. 소년은 산수 숙제를 걱정하고 하굣길의 군것질을 떠올리고 억울하게 자신을 벌준 담임을 고발하다가도 가끔 신부가 말한 하나님의 섭리를 생각해보곤 했다. 그것이 사람들이 기도라고 부르는 지극히 종교적인 행위라는 것을 소년은 그때 알지 못했다.

'할아버지하고 똑같은 곰팡이 냄새가 나는 늙은 신부가 과연 하나님의 사자일까?'

'저렇게 늙고 병들고 힘없는 사람한테 하나님이 정말 심부름을 시켰을까?'

'저 신부도 나처럼 어리거나 아버지처럼 젊었던 시절이 있었을까?'

그런 의심을 품다가 하나님을 화나게 할까 두려워 고개를 내젓는다. 하나님이 자신의 새벽기도를 꼭 들어주길 간절히 원하지만 이런 나쁜 생각을 할 때는 잠시 딴청을 하고 계셨으면 하고 바랐다. 무거운 공기가 어깨를 누르는 것도 잊고 일주일의 죄를 고백하는 순간, 그는 개구쟁이 악동에서 나약한 죄인이 되었다가, 길들여진 순한 양이 되었다가 했다. 딱 한 번 자기도 모르게 눈물을 주르르 흘렸던 적이 있다. 설움이라는 단어를 모르던 때라 하나님이 자신을 너무 사랑해서, 자신이 하나님을 너무 사랑해서 마음이 복받친 거라고 생각했다.

아직 삶의 부조리에 대해서는 눈곱만큼도 모르던 소년은 다만 경배와 복종의 쾌감에 몸을 떨었다. 그때 맛본 평화와 안식의 맛을 평생 잊지 못했다. 어른이 된 뒤에도 성당바닥에 엎드려 기도할 때면 그 새벽의 장엄한 침묵을 떠올리곤 했다.

"당신께 복종하겠나이다. 저의 사악함과 어리석음을 벌하소서. 그리고 부디 저를 용서하소서."

무슨 말인지도 모르는 말이 마음 저 깊은 곳에서 흘러나왔다. 그는 마룻바닥의 찬 공기에 무릎이 시린 것도 못 느낀 채 기도를 계속했다. 밤새 그 떨림으로 잠을 못 이루던, 첫 키스를 한 날 말고 그가 유일하게 시간이 흐르는 걸 잊은 때였다.

그는 산다는 게 기도와 죄, 다시 속죄의 기도와 죄, 가끔의 고해성사를 반복하는 일이라는 걸 꿈에도 몰랐던 밥 욕심 많은 소년이었다. 그 새벽 하느님의 옷깃이 잠시 자신의 어깨를 스치고 지나갔다. 그래서 다른 소년들은 상상도 하지 못할 이런 기도를 하고 있는 거라고 이해했다. 그가 한때 별이 되고자 했던 소년이었음을 기억하는 유일한 존재는 하늘에 있다. 그분은 그가 열두 살일 때도, 서른 살일 때도, 마흔다섯 살일 때도 그다지 친절하지 않았다. 그가 방에 불도 켜지 않고 홀로 눈물을 삼킬 때조차 그를 도와주지 않았다.

훗날 술 취해서 밤길을 걷다가 저 앞에 가는 다른 취객의 비틀거림을 목격했을 때, 계약이 성사되지 않아 처진 어깨로 귀가하다가 골목의 전봇대에 기대서 흐느끼는 한 남자를 지나칠 때, 그 새벽에 했던 기도들을 입속으로 중얼거렸다.

소년은 어느새 봄이 오는 것을 반기고 꽃이 예쁘다는 것을 아는 나이가 되었다. 여름과 가을이 너무 빨리 지나가며 겨울이 아무리 추워도 봄은 못 이긴다는 것을 몸으로 알고 기억하게 되었다. 그때조차 자신의 영혼 십분의 일쯤은 그 새벽, 시린 무릎으로 기도하던 복사의 것임을 적어도 두 사람은 알고 있다. 멀리 계신 하나님과 땅을 떠나지 못하는 중년의 그.

새벽길을 걸으며 총총총 빛나는 별들에게 말을 걸었다. 그는 하나님을 부른 적보다, 하나님의 말씀을 되새긴 적보다 더 많은 순간 별들을 불렀고 별들과 얘기를 나누었다. 그리하여 그의 눈에는 별과 같은 빛이 점점 늘어났다. 두 개의 별처럼 반짝이는 그의 눈을 본 사람들은 곧 그를 사랑하게 되었다. 그는 자신의 아름다움을 알지 못했다. 자신의 눈이 별보다 반짝이던 시절이 어느새 지나가 버린 것도 몰랐다. 모든 별들에게는 낮이 찾아오고 낮에는 별들이 집으로 돌아가야 한다는 걸 알아가면서 그의 눈에서 반짝이던 빛도 흐려졌다.

그는 바빴다. 별을 보는 날들은 점점 줄어들었다. 얼마 후 별을 완전히 잊었다. 짧은 여행길에서 하늘을 뒤덮은 은가루 같던 별을 본 적이 있다. 자신이 어린 시절 보았던 별들이 아직이 세상에 살아 반짝인다는 사실에 놀라움을 넘어 경악했다. 그날부터 그는 매일 새벽에 일어났다. 늙은 신부를 만나러 성당에 가던 어린 복사는 늘어난 뱃살과 싸우기 위해 새벽 공기를 마셔야겠다고 결심했다. 별들이 사라진 낮에도 살아남기 위해서는 새벽별을 많이 봐두어야 했다.

'사라지는 건 없어. 단지 잊고 있었을 뿐이야.'

별들이 그의 나이만큼 희미해진 빛으로 깜빡이며 가르쳐준다.

"난 너랑 키스하고 싶은데."
그녀는 내 뺨에 살짝 입술을 갖다 댄다.
"이런 거 말구. 진짜루."
"별로다, 오늘."
"왜?"
"비가 오잖아."
"내 말이. 그러니까 난 더 안고 싶단 말이야."
"그러면 나중에 더 헤어지기 싫어지잖아. 암튼 오늘은 안
  돼. 넌 벌을 좀 더 받아야 돼."

너에게 빠지지 않을
방법을 가르쳐줄래

1.

"너 나한테 다신 전화하지 마."

"뭐라구?"

"이딴 식으로 만날 거면 전화하지 말라구. 내가 너 빈 시간 때워주는 심심풀이 땅콩이냐? 야근하는 여친 회사 앞에 와서 겨우 저녁 먹고 썰렁하게 혼자 집에 가는 기분을 니가 알아? 니네 회사에 직원이 너 하나밖에 없냐?"

그럴 마음이 없었는데 한번 말을 꺼내고 나니까 내 입에서 불만이 마구 쏟아져 나왔다. 그녀는 눈으로는 나를 쏘아보면서 입은 꼭 다물고 있다. 말을 하지 않겠다는 의지가 담긴 표정이다.

"내가 집에서 여기까지 나오려면 한 시간이나 걸려. 그런데 겨우 순두부찌개 먹고 커피 한 잔 마셨는데 이제 가라니. 너 같으면 화가 안 나겠냐?"

"내가 맨날 그러니? 이번 주면 프레젠테이션 끝나니까 그때까지 봐달라고 미리 말했잖아."

"암튼 다신 이런 식으로 나 불러내지 마."

나는 담뱃갑을 집었다가 다시 테이블로 던지며 화를 다 삭이지 못한 목소리로 말한다.

"그래. 이제 전화도 안 하고 불러내지도 않을게. 그렇게 귀

하신 몸인 줄 몰라봐서 미안하다."

그녀의 목소리가 살짝 떨렸다. 설마 우는 건 아니겠지.

"오늘 미팅이 얼마나 중요한지 말했잖아. 프레젠테이션 준비 아직 반도 안 끝났는데 너 보고 싶어서, 잠깐 얼굴이라도 보려고 몰래 나온 거란 말이야. 니가 뭘 알겠냐. 지 맘대로 안 되면 성질이나 부리고 팩팩거릴 줄이나 알지."

나는 담배 한 개비를 꺼내 물고 한 모금을 깊게 빨아들인다. 안다. 그랬을 것이다. 그녀가 일찍 가야 한다고 말했다면 분명히 타당한 이유가 있을 것이다. 그런데 그걸 받아들이기 힘든 거다. 그녀가 나를 거절한 것도 아니고 오늘 사정이 여의치 않아 잠깐밖에 볼 수 없다는 것도 미리 알고 나왔는데 왜 이렇게 마음이 상하는지 모르겠다. 내가 무조건 일 순위가 아니라는 사실이 화가 났다. 옹졸한 내가 먼저 사과한다.

"미안하다."

그녀는 눈으로 손을 가져간다. 검지로 눈 아래를 훔친다. 기어이 그녀를 울리고 말았구나. 이럴 때 내 마음을 차근차근 설명할 수 없는 나 자신한테 또 화가 난다.

"아무래도 우리 자주 만나기 힘든 사이 같다."

그녀는 목소리를 가다듬은 뒤 낮고 차갑게 말했다. 계속 엇나가는 말만 하는 나한테 그녀는 두 손을 들었다.

"마음대로 해. 너 오늘 보니까 아주 못됐다. 그런 말을 그렇게 쉽게 하고."

내 목소리는 다시 높아진다. 분노 이전에 불안이 있었다. 원하는 만큼 같이 있을 수 없고 그녀가 나 모르는 곳에 다른 사람들과 있다는 사실이 내 마음을 꽁꽁 얼어붙게 했다. 이해하지 못하는 게 아니라 이해하기 싫은 거다. 오늘 저녁, 그녀가 칼을 쥐고 있다는 사실이, 잠깐의 부재에도 겁을 집어먹는 내 자신이 싫어서 가슴이 터질 것처럼 답답했다. 그러다 이렇게 폭발하고 말았다. 나는 담배를 주머니에 넣고 일어선다.

"너 또 먼저 일어나는구나. 넌 정말 나쁜 남자야. 가라 가. 가버려!"

그녀는 정말 화가 단단히 난 모양이다. 진심일까, 내가 자주 만날 수 없는 사람이라는 말. 나는 도로 자리에 주저앉는다. 그녀는 나를 건너다본다.

"이제 괜찮아. 먼저 가. 난 마음 좀 가라앉히고 일어날게. 밤늦게까지 일하려면 평정을 유지해야 하잖아."

나는 그녀를 위해서 물을 한 잔 더 시켜준다. 그 물을 다 마시고 그녀는 아무런 화해의 제스처도 취하지 않은 채 회사가 멀지 않은 거리인데도 택시를 타고 떠났다. 나랑 빨리 헤어지고 싶거나 아니면 회사 사정이 진짜 다급한 거다. 내 마음은 불덩이를 삼킨 것처럼 홧홧하다. 아무 변명도 설득도 하지 못한 채 그녀를 보내고 나서 차들이 오가는 도로만 멍하니 바라보고 서 있다.

2.

밤 열한 시 반, 사무용 빌딩이 밀집해 있는 여의도는 낮 시간의 분주함은 찾아볼 수 없다. 사람들이 길거리를 바삐 걷고 도로는 차들로 꽉 차 있던 낮 풍경과는 사뭇 달랐다. 일 차에 이어 이 차 술자리까지 끝낸 직장인들은 차도로 내려와 택시를 향해 고함을 지른다. 그 소리를 빼면 믿을 수 없을 만큼 적막한 풍경이다.

'한낮의 북적임은 다 어디로 갔지?'

증권회사와 광고회사, 선박회사 건물들이 서로 마주보거나 비껴보며 얽혀 있다. 검은 돌로 지은 건물 구 층을 올려다본다. 거리의 적막함과는 상관없이 건물 안 상당수의 사무실은 불이 켜져 있다. 저기 어디쯤 그녀가 있을 것이다. 손에 든 비닐봉지가 내 걸음을 따라 덜렁거린다. 전화를 걸까 하다가 그만둔다. 전화기 대신 담배를 주머니에서 꺼낸다. 담배를 반쯤 피웠을 때 건물에서 사람들이 삼삼오오 빠져나왔다. 흰색 재킷을 입은 그녀를 한눈에 알아본다. 나는 걸음을 빨리해서 그녀 쪽으로 다가갔다. 동료에게 막 작별인사를 하려던 그녀는 나를 보고 화들짝 놀란다.

"이 시간에 여긴 웬일이야?"

"그냥. 잠도 안 오고 할 일도 없고. 너랑 야참이나 먹으려고."

"나 아까 뭐 먹었어."

그녀는 내 손에 들려 있는 비닐봉지를 내려다보며 작고 힘없는 목소리로 말한다.

"저쪽 큰 길 건너가면 쪼그만 공원 하나 있지?"

"왜 밖에서 먹게?"

"예전에 덕수궁에서 김밥 먹던 생각이 나서."

"난 별론데. 춥고 피곤하고."

그녀 마음은 아직도 얼어붙어 있다. 사람 성의를 봐서라도 어떻게 이렇게 쌀쌀맞게 구냐. 나는 비닐봉지를 길바닥에 패대기치고 싶었지만 꾹 참고 그녀를 따라 걸어간다.

"버스 정류장 가는 길 쪽에 포장마차 있거든. 거기 가서 우동이나 한 그릇 먹자."

나는 고개를 끄덕인다. 지금은 뭐든 그녀 쪽에서 제안하는 대로 할 수밖에 없다. 그것도 감지덕지다. 내 신세가 왜 이렇게 됐는지 모르겠다. 속은 끓어오르는데도 그녀를 줄래줄래 따라

간다.

포장마차에는 술 취한 삼십 대 남자 셋밖에 없었다. 그녀가 우동 두 그릇을 시키려는 걸 한 그릇만 시키자고 했다. 나는 손에 들고 있던 비닐봉지를 풀어 플라스틱 테이블 위에 놓았다. 내가 그렸던 그림과는 다르지만 어쨌든 그녀와 함께 야참을 먹는다는 사실이 중요하다.

"엉, 초밥이네. 이 집까지 갔다 왔어? 웬일로? 설마 나 주려고?"

"너 주려고 사 온 거야. 이제 나 좀 그만 살려주라. 지성이면 감천이라는 말도 모르냐? 가게 문 닫는다는 실장님한테 사정사정해서 사 왔다."

"일단 먹어보고. 맛있으면 모든 게 용서되는 거고."

그녀는 씩 웃는다. 오늘 처음 웃는 웃음이다. 내 작전은 주효했다. 어떻게 한 음식에 이토록 집착할 수가 있나 몰라. 에비수 초밥이라면 자다가도 벌떡 일어난다. 나는 된장국을 담은 그릇의 뚜껑을 열어 그녀 앞에 놔준다. 그녀는 새우가 얹혀 있는 초밥을 간장도 찍지 않고 날름 한 입에 집어넣는다.

"어때? 맛있어?"

그녀는 초밥을 씹으며 고개를 끄덕거린다.

"그럼 내 죄는 사해진 거다? 소주 한 병 시켜도 되지?"

"아줌마, 여기 소주 한 병이요!"

그녀는 안면을 익힌 주인아줌마를 향해 호기롭게 외친다. 나는 긴 안도의 한숨을 쉰다. 오늘은 무사히 넘겼다. 문제를 다음날까지 갖고 가면 좋을 거 하나도 없다.

"나 진짜 화 많이 났었는데."

그녀는 마시멜로처럼 말랑말랑한 목소리로 말한다. 나는 멋쩍은 웃음을 지어 보인다.

"너는 미워할 수가 없다. 성질부릴 때는 다시 보고 싶지 않은데 이렇게 나를 웃게 해주니 어떻게 미워하냐."

그녀는 내 볼을 꼬집는다. 나는 의자를 그녀 가까이 끌어다 붙이며 그녀의 어깨를 쓰다듬는다. 그녀가 내 어깨에 머리를 기댔다가 내 옆얼굴을 올려다본 다음 고개를 든다.

"우리 이제 작작 좀 싸우자. 한밤중에 이게 무슨 생쇼냐. 너 가슴이 넓은 남자가 된다며? 그거 언제 될 건데?"

에고, 누가 아니래냐. 나는 우동그릇에 얼굴을 묻고 후루룩 국수를 입으로 밀어 넣는다. 그래도 우동 맛 하나는 기가막히다. 이제야 숨이 좀 제대로 쉬어진다.

"인생은 드라마틱한 게 제 맛 아냐? 너무 아무 일 없으면 심심하잖아."

"이제 그 지지고 볶는 드라마도 지겹다. 제발 좀 편하게 가

자. 알았지?"

3.

　포장마차를 나오자 밖에는 봄비가 부슬부슬 내리고 있었다. 절정을 치닫는 벚꽃이 비를 맞아 바닥에 하얗게 떨어졌다. 꽃 비다. 갑자기 내리기 시작한 비가 일기예보를 듣지 않은 사람들의 머리 위로도 사정없이 떨어진다. 황사먼지 섞인 비는 사람들로 하여금 서둘러 우산을 사게 한다. 거리에 행인들은 점점 줄어들고 그 공간을 펼쳐든 우산이 메운다.

　"그냥 비 맞으면서 걸을까?"

　"귀찮아. 머리도 젖고 몸도 끈적거리고."

　언제부터 봄비가 귀찮아졌을까. 봄비의 상쾌한 어감은 온데 간데없고 황사의 전령사로만 취급당한다. 그녀는 가방에서 작은 삼단우산을 꺼낸다. 간신히 머리와 어깨만 가린 채 딱 붙어서 걸었다. 그녀의 어깨를 끌어안고 걷는다. 손등 위로 부슬비가 살금살금 떨어진다.

　"이제 집에 가야지?"

　"그냥 가려구?"

　"응. 내일 새벽에 나와야 해서 마음이 바쁘다. 너랑 밤 벚꽃도 보고 맛있는 스시도 먹고 기분 좋아. 오늘은 이만 헤어져도 많이 아쉽지 않으시죠, 까탈이 왕자님?"

"난 너랑 키스하고 싶은데."

그녀는 내 뺨에 살짝 입술을 갖다 댄다.

"이런 거 말구. 진짜루."

"별로다, 오늘."

"왜?"

"비가 오잖아."

"내 말이. 그러니까 난 더 안고 싶단 말이야."

"그러면 나중에 더 헤어지기 싫어지잖아. 암튼 오늘은 안 돼. 넌 벌을 좀 더 받아야 돼."

"아아, 쪽팔려."

더 이상 조르고 싶지 않다. 그녀는 한번 안 된다고 하면 안 되는 여자다. 들어줄 마음이 조금이라도 있으면 싫다고 말하지 않았을 것이다. 그래도 서운하다. 나는 우산을 도로 쪽으로 가리고 그녀를 꼭 안는다. 그녀가 내 어깨에 턱을 갖다 대고 두 팔로 내 목에 매달린다. 이럴 때 그녀가 참 좋다. 몸이든 마음이든 나한테 완전히 의지하는 그녀가 좋다.

"오늘 너 진짜 안고 싶었는데. 너 나 수도승 만들기로 작정한 거 아니지?"

"알았어. 무슨 말인지. 조만간에 창문 열면 벚꽃이 보이는 곳에서 같이 자자."

"진짜지, 너. 나중에 딴말하기 없기다. 근데 벚꽃 구경할 시간은 별로 없을 것 같다. 나 너 안 봐줄 거다. 지금 같아서는 너를 삼켜버릴 것 같애."

"에고 무서워라. 그래, 이번 일 끝나면 와인 한잔 찐하게 하자. 그날 파티도 하고."

"아아, 이쁜 봄비. 이 내 가슴을 왕창 적시누나."

그녀도 나도 얼른 발을 떼지 못하고 서로 돌아본다. 빈 택시 몇 대가 그냥 지나갔다. 그녀가 먼저 내 어깨에 손을 살짝 올렸다가 뗀다.

"이제, 안녕!"

역시 그녀답다. 헤어질 땐 언제나 산뜻하게.

"내가 데려다줄게. 너 피곤하고 시간도 늦었는데."

"그럴 거 없어. 니네 집은 경기도잖아. 괜히 멀리까지 갔다 너 혼자 돌아갈 때 내 마음이 편하겠냐? 오늘은 이 정도면 충분해."

그녀의 말은 진심 같았다. 나도 그러는 게 좋을 것 같다. 저녁 내내 속을 끓였더니 죽을 것처럼 피곤하다. 나는 얼른 택시를 잡아서 문을 열어주었다.

"다음엔 꼭 같이 자자!"

나는 떠나려는 택시에 대고 큰 소리로 외쳤다. 그녀는 얼굴이 벌개져서 후다닥 문을 닫았다. 택시운전사가 아닌 척 하면서 백미러를 곁눈질한다. 나는 그 사이 차번호를 외운다.

정말 긴 하루였다. 연애감정이 상승곡선을 탈 때면 나는 항상 이랬다. 긴장과 몰입을 견딜 수 없어서 공연히 연락을 끊기도 하고, 시비를 걸어서 싸움을 하기도 하고, 이유 없이 무뚝뚝하게 굴었다. 그때마다 그녀는 나의 반응에 맞춰 조용히 거리를 유지해주었다. 그녀 역시 나 못지않게 변덕도 잘 부리고 별 이유 없이 거리를 만들기도 하는 사람이라 내 상태를 누구보다 잘 이해했다. 게다가 웬만해선 흥분하거나 날카로워지지 않는 타입이었다. 아마도 내가 사귄 여자 중에서 가장 오랫동안 평화를 유지한 여자일 것이다. 다음에 만나면 부서지도록 꼭 안아줘야지.

너! 기대해도 좋아!

어디
가고 싶은 데
없어요?

"보름달 정말 오랜만에 보네요. 진짜로 쟁반 같이 생겼
 다."
"냉면 그릇 같다는 사람도 있어요."
"아스피린 같아요."
"민희 씨 책 읽는 사람이군요."
"그림 그린다고 책 안 읽는 줄 알았어요?"
"하긴 그렇군요. 아세요? 보름달은 음력 16일이 더 보름달
 같고 예쁘다는 거."

'연필 같다!'

첫인상이 그랬다. 나는 사람을 한번 보고 첫인상 운운하는 말을 믿지 않는다. 첫인상만으로 한 인간을 판단하는 태도는 온당하지 않을뿐더러 무엇보다 부정확할 가능성이 많다. 그러니까 정보 낭비, 시간 낭비라는 얘기다. 하지만 그를 딱 봤을 때 자동으로 첫인상이 머릿속에 입력되었다. 연필처럼 가늘고 길다. 좀 메마른 느낌이 드는 데다 툭 치면 부러질 것처럼 약해 보였다. 말소리도 글씨 쓸 때 사각사각 종이에서 나는 소리를 닮았다. 만년필이 가진 물기도 금속성도 느껴지지 않았다. 볼펜의 매끄러운 필기감과는 더더욱 거리가 멀다. 예상대로 그는 사람을 대하는 매너도 일처리 방식도 군더더기가 없었다. 말하자면 인간적이지 않았다. 전화도 꼭 필요할 때만 걸고 말도 필요한 말만 했다.

계약은 완료되었다. 계약 기간 내에 그림 파일을 넘겼고 작업비도 정산했다. 그는 내 그림을 마음에 들어 했다. 청소년 자기계발서 붐이 일자 너도 나도 그 장르에 뛰어들었다. 우리는 조금 다르게 가보자고 야심찬, 그러나 위험스러운 기획을 했던 책이다. 생각하는 힘을 키울 수 있는 책을 만들자는 거창한 목적을 누구도 입 밖에 내지 않았지만 얘기인즉슨 미래의 인문주의자를 위한 워밍업 책이었다. 굳이 분류하자면 청소년용

철학소설이었다. 말할 것도 없이 제목과 표지 디자인은 어린 독자나 구매자인 부모에게 결정적인 요소였다.

"요즘 트렌드인 유럽만화풍의 그림체에다 미니멀한 느낌을 살렸네요."

"아이들이 좋아할지 모르겠어요."

"좋아할 거예요. 일단 저는 좋아요. 경쾌하면서도 품격이 있어요. 애들이라고 무시하지 마세요. 걔들도 보는 눈이 있어서 알 건 다 압니다."

거래가 무사히 끝난 기념으로 그는 저녁식사를 대접하겠다고 했다. 조용하고 음식도 깔끔한 일식집에 예약을 해두었다며 회 좋아하냐고 물었다. 내가 제일 좋아하는 메뉴라고 대답하자 그는 그럴 줄 알았다는 듯 어깨를 으쓱하며 웃었다. 일식집은 밖에서 얼핏 봐도 별 다섯 개를 줄 만한 일급식당이었다. 일본여자처럼 자그마하고 조심성이 몸에 밴 여주인이 우리를 이층의 매화실로 안내했다.

"겨울에는 역시 방어죠. 이 집 주인을 제가 잘 알거든요. 오늘 아침 비행기로 제주도에서 대방어 한 마리 공수했습니다. 무려 십 킬로짜리로요. 맘껏 드세요. 피부미용에는 생선회가 최곱니다."

"아, 일본사람들이 좋아한다는 그 방어요? 히라스라던가?"

"역시 생선을 좀 아시는군요. 일도 끝나고 했으니 오늘은 무조건 즐겁게 먹고 마십시다."

기름이 올라 고소한 맛이 혀끝에 감기는 방어는 최상품이었다. 육질도 신선했지만 무엇보다 칼 맛을 제대로 낼 줄 알았다. 두껍지도 얇지도 않게 결을 살려서 회를 뜬 솜씨가 놀라웠다. 지난번에 로바다야키에서 먹은 방어회랑은 비교가 안될 만큼 고급스럽고 깊은 맛이 났다.

"어디 가고 싶은 데 없어요?"

회를 절반쯤 먹었을 때 그가 난데없는 질문을 했다.

"이 차요? 저 술 잘 못하는데."

"아니요."

그는 다음 말을 잇지 않는다. 내 얼굴을 빤히 쳐다본다. 클라이언트의 표정은 아니었다.

"그럼 어디요?"

"그냥 아무 데나 가고 싶은 데 없냐구요?"

"지금요?"

"네."

단도직입도 이 정도면 약간 맛이 갔다고 해도 좋을 만큼 저돌적이다.

"이 시간에 가긴 어딜 가요."

내 목소리는 내가 듣기에도 퉁명스럽다. 약간의 당황스러움과 불쾌감이 섞여 있다.

"아님 말구요. 그냥 어디 가고 싶을 것 같아서요."

"왜요? 왜 그런 생각을 했죠? 좀 웃긴데요."

"이번 작업 무사히 끝냈잖아요. 그럼 어디 가야 하는 거 아닌가. 언젠가 그렇게 말한 것 같은데."

내가 그런 말을 했던가. 혹시 지나가는 말로 했더라도 그걸 기억하고 있다니 명민한 사람이었다. 아니면 예민하던가. 예전에는 항상 그랬었다. 작업 하나 끝나면 어디 가서 며칠 처박혀 있다 돌아오곤 했었다. 나처럼 단번에 힘을 다 빼서 쓰는 사람한테 휴지기는 필수다.

"그렇긴 하죠. 하지만 애석하게도 항상 혼자 가요. 저는 혼자 가야 여행이라고 생각하는 사람이라서."

"오늘은 그걸 좀 바꾸면 안 되나요? 재밌잖아요. 새로운 시도. 저랑 해봅시다."

"지금 저한테 데이트 신청하시는 거예요?"

"그렇게 들렸다면 그렇겠죠."

"농담하지 마세요. 안 어울려요."

"전 농담 같은 거 할 줄 모릅니다. 진실만을 말하기에도 짧은 인생, 농담할 시간이 어딨어요? 그냥 어디 같이 가면 좋을 것 같아서 한번 말해봤어요. 싫으면 관두구요."

"누가 싫대요. 놀랐다는 거죠."

"그럼 가요."

그는 휴대폰을 주머니에 넣고 일어선다.

"잠깐만요."

"왜요? 시간 없어요. 벌써 여덟 시 다 돼 가요. 오늘이 몇 시간 안 남았잖아요. 빨리 움직여야 해요."

짧은 시간에 갑작스러운 상황이 벌어지니 머릿속에 구멍이 뚫린 듯 멍했다. 나는 얼떨떨한 기분이었지만 한편 호기심이 동하기도 했다. 이 시간에 집에 가봤자 기다려주는 사람도 없는 썰렁한 방에서 혼자 와인이나 홀짝이겠지. 작업 끝낸 날은 뭔가가 몸에서 빠져나간 것처럼 허전해서 잠이 잘 안 온다. 그는 주차장으로 내려갔고 나는 한껏 멍청한 얼굴로 그를 따라갔다. 이번 책 표지에 그린 열일곱 살 가출청소년보다 더 대책 없는 표정일 것이다. 기분은 그리 나쁘지 않았다. 여행을 가야 하는데, 이 말을 며칠째 혼자 되뇌던 후유증이리라.

그가 간 곳은 남산타워였다. 사람이 엄청나게 많았다. 일본어, 중국어, 영어, 알 수 없는 유럽어가 뒤섞여 들렸다. 마치 타임머신을 타고 이상한 나라로 놀러온 것 같았다. 대낮처럼 밝

혀둔 타워 안의 가게에서는 각종 기념품을 팔고 있었다. 그는 전망대로 올라가자고 했다. 엘리베이터를 타고 전망대로 올라가 망원경이 늘어선 쪽으로 갔다. 그는 망원경에 동전을 넣고 나한테 자리를 양보했다. 한강 다리와 63빌딩을 비롯한 고층 건물, 도로의 줄 잇는 자동차들이 영화 화면처럼 펼쳐져 있었다. 별 감흥은 없는 풍경이었다. 나는 서울을 사랑하는 사람이 아니니.

"여기 밤에 한번 와보고 싶었어요."

"저도 밤에는 처음 와봐요. 낮에도 한 번밖에 안 와봤지만."

"오늘 제 소원 하나가 이루어졌네요. 이곳에 마음에 드는 여자랑 꼭 한번 와봐야지, 고등학교 졸업하던 날 와서 결심했었거든요."

"와, 조숙했군요. 그 나이에 그런 결심을 하다니."

"근데 항상 혼자 오게 돼요. 여자가 있을 때는 기회가 안 생겼어요. 군대에 있을 때도 휴가 나와서 혼자 여기 올라와 저 아래를 내려다보다가 갔어요. 여기 서서 한강을 바라보고 있으면 마음이 평화로워져요. 이상하죠? 저 복잡한 시내 풍경을 적나라하게 보면서 마음이 차분해진다는 게. 하지만 사실입니다. 오늘 갑자기 이곳이 생각났어요. 그래서 난처해할 줄 알면서도 한번 말해본 거예요. 민희 씨한테는 말이 안 되는 일이겠지만 그래도 조금만이라도 나처럼 생각해주면 고맙겠어요."

함께 보낸 시간에 비례해서 말이 많아지는 남자였다.

"노력해볼게요. 평화까지는 아니더라도 나쁘지는 않군요."

"고맙습니다. 나쁘지 않은 정도면 저로서는 최고점수입니다."

"어! 보름달이다. 저기 봐요. 보름달 떴어요."

나는 손을 들어 달을 가리켰다. 아까는 의식을 못 했는데 하늘 높이 보름달이 둥그렇게 떠 있었다.

"오늘이 음력 14일이거든요."

"그런 것도 알아요?"

"알 수밖에 없는 이유가 있죠."

그는 그 이유에 대해선 말하고 싶지 않은 모양이었다. 나도 별로 듣고 싶지 않았다. 남의 사연 같은 건 관심 없다. 사연이라는 게 본인한테는 절실해도 한 걸음만 떨어져서 바라보면 다 거기서 거기 아닌가.

"보름달 정말 오랜만에 보네요. 진짜로 쟁반 같이 생겼다."

"냉면 그릇 같다는 사람도 있어요."

"아스피린 같아요."

"민희 씨 책 읽는 사람이군요."

"그림 그린다고 책 안 읽는 줄 알았어요?"

"하긴 그렇군요. 아세요? 보름달은 음력 16일이 더 보름달 같고 예쁘다는 거."

"아하. 몰랐어요. 기울기 시작한 달이 더 예쁘다니 믿어지지 않는데요."

"글쎄요. 그게 왜 더 예쁠까요?"

"실제로 달이 예쁜 게 아니라 보는 사람이 예쁘다고 생각하는 거겠죠. 난 지금 저 달도 좋아요. 하루 모자란 보름달."

"다행입니다. 근데 민희 씨한테 이것도 여행이라고 할 수 있나요?"

"아마도. 여행 온 기분 나는데요. 달도, 밤도, 나도 어제와는 다르니까."

"좋다는 말로 들리는데요. 맞죠?"

"좋아요. 고마워요. 이런 뜻밖의 여행을 할 기회를 줘서."

그는 전망대를 떠나 엘리베이터를 타고 위층의 카페로 올라갔다. 마치 단골집에 온 듯 자연스럽게 맥주를 주문했다. 내가 기네스 좋아한다는 것까지 기억하고 있었다. 그러고 나서 두 손바닥을 탁탁 부딪치더니 입을 열었다.

"오늘은 특별한 날이니까 우리 기념으로 서로 비밀 한 가지씩만 얘기할래요?"

"비밀? 에이, 그런 걸 어떻게 말해요. 비밀인데."

"둘 다 죽을 때까지 말 안하면 되죠. 비밀을 서로 한 개씩 바꾸는 거라고 생각하면 어때요? 공평하죠?"

"비밀을 왜 바꿔요. 난……."

"엇, 울어요?"

"어휴, 미안해요. 제가 원래 웃음도 눈물도 헤퍼서요. 가출소녀 지윤이처럼."

이번 책의 주인공인 가출소녀는 걸핏하면 운다. 그래서 눈이 항상 개구리처럼 부어 있다. 볼때 마다 애들이 올챙이라고 놀린다. 개구리라고 부르기엔 키도 작고 말도 잘 못한다.

"나랑은 반대네요. 난 눈물도 웃음도 거의 없는데. 내 것까지 민희 씨가 가져갔군요."

"암튼 정말 부끄럽네요."

"그 눈물이 민희 씨의 비밀이군요. 비밀이라는 단어만 들어도 눈물이 나는 비밀은 대체 뭘까?"

"미안해요."

"뭐가 미안해요?"

"울어서요, 어른이."

"그러니까 울어서 왜 미안하냐구요?"

"남한테 눈물을 보이면 빚을 진 느낌이 들어요. 잊어버려 줄래요."

"알았어요. 당신 운 적 없어요. 됐어요?"

"네. 됐어요. 참, 사장님의 비밀은 뭐죠?"

"없어요."

"그런 게 어딨어요? 반칙왕이군요. 먼저 말 꺼내놓고 이제 와서 없다는 게 말이 돼요?"

"진짜 없어요. 나 참 가난하죠? 비밀 같은 것도 없고."

"몰라요. 괜히 나만 억울해요."

"비밀이 뭘까 궁금했어요. 아니, 민희 씨를 조금 더 알고 싶어서 물어본 거예요. 이번에 작업한 그림을 보면서 한번 물어봐야겠다고 생각했어요. 삼총사가 비밀 얘기하는 장면에서 그림을 훨씬 공들여 그렸더라구요."

"그랬었나. 내 그림이 좀 어둡죠? 그래서 상업적이지 않다고 지난번에 작업한 동화작가가 말해줬어요. 좀 변화를 주라고. 그런데 그게 잘 안 돼요."

"아니에요. 전 좋아요. 과장이 없어서. 예전 일러스트도 봤는데 지금이랑은 많이 다르던데요. 그림체와 색감을 바꾼 무슨 이유라도?"

대답하려는데 맥주가 나왔다. 건배를 하고 맥주를 한 모금 마시고 대화를 이어갔다. 두 번째 만난 건데 별로 어색하지 않고 얘기도 잘 풀렸다.

"그땐 지금과 다르게 살았으니까요. 아, 생각났다. 비밀 한 가지 알려드릴게요."

"제발, 부탁합니다. 플리즈."

그는 모처럼 밝게 웃으며 내 얼굴을 뚫어져라 쳐다본다. 피할 수 없게, 피하면 안 된다는 듯이. 그는 두 번째 모금을 마시면서 건배를 다시 청했다. 운전 때문에 요것만 마시고 그만 마실 거라고 했다.

"제 그림을 보면 그걸 그릴 때 내가 행복했었는지 불행했었는지 알 수 있어요. 말씀하신 일러스트는 노란색과 오렌지색 계열을 많이 쓰던 때예요. 그때 이후론 그 색 다시 안 써요."

"그랬더군요. 나는 지금 색감이 좋아요. 말하자면 지금이 민희 씨의 청색시대군요."

"피카소가 들으면 울겠어요. 그의 청색시대 그림이야말로 정말 소름끼치죠. 그런 그림 한 장만 그리면 죽어도 원이 없겠어요. 특히 그의 자화상."

자화상에 나타난 피카소의 눈빛은 쨍, 소리가 날 만큼 날카롭다. 현재와 미래를 불안해하면서도 두려워하지 않는 그 당당한 결기는 내가 제일 갖고 싶어 하는 것이다.

"아직 시간 많은데 차차 그리면 되죠, 뭐. 그런 생각을 오래도록 버리지만 않는다면. 여행은 했고, 다른 거 또 뭐 하고 싶은 거 없어요? 당분간 작업은 쉰다면서요."

"일주일만 쉬고 다시 새 일 시작해야 해요. 그동안 뭘 할지 오늘 집에 가서 생각해보려구요."

"필요하면 언제든 저를 또 불러주세요."

"아마 그럴 일은 없을 거예요. 솔직히 말한다면 진짜 하고 싶은 게 있긴 있어요."

나도 모르게 웃음이 터졌다. 웃음을 참고 싶은데 제어가 되지 않았다.

"뭔데요?"

"그래요. 어차피 오늘 스타일 구긴 거 솔직히 말할게요. 음, 언젠가 기회가 되면 비키니 입고 열대의 해변을 걸어보고 싶어요."

"하하하하하."

이번에는 그가 웃음을 참지 못했다.

"비웃는군요."

"아니요. 그냥요. 어른이 그런 소리 하는 거 첨 봐서. 재밌어요."

"너무 소녀스럽죠. 할 수 없죠 뭐. 내가 그런 사람인걸. 한번 그래 보면 어릴 때처럼 행복해질 것 같아요. 자기 몸매가 어떤지 남이 자기를 어떻게 보는지 상관없이 햇빛과 바다 냄새와 코코넛 나무를 벗 삼아 모래밭을 걷는 거예요. 당당하게 두려움 없이. 내 인생의 하루를 그렇게 보내고 나면 후회 같은 건 절대 안 하는 사람이 될 것 같아요. 평생 그 장면을 돌이켜 떠올리면서 행복할 수 있을 테니까. 아버지가 일찍 돌아가셔서 별로 행복한 어린 시절을 보내지 못했어요. 아버지랑 해변에서 놀던 기억 하나 갖고 여태 버텼거든요. 언젠가는 그런 날이 또 오겠지, 상상할 수 있는 증명서잖아요. 굉장한 선물이죠."

"이해는 해요. 추억이란 비상금 같은 거니까. 난 또. 흘끔거리는 남자들 시선이 그리워서 그런 줄 알았죠."

그는 은근한 미소를 지으며 말했다. 나를 놀리는 것이 재밌는 모양이었다.

"당연히 그것도 포함. 그거 생각보다 즐거운 일이에요. 남자의 시선을 한 몸에 받는 것."

"많이 받아봤군요."

"그럼요. 저한테도 한때라는 게 있었는데요."

"나는 지금이 그 한때인 줄 알았는데 따로 또 있었나 보죠?"

"말이라도 고맙네요. 오늘 즐거웠어요. 열대의 햇빛과 비키니만큼은 아니지만 달빛에 기네스 맥주도 훌륭했어요."

"벌써 내려가게요?"

"네. 이제 하산할 시간이에요. 여행을 마쳤으니 휴식시간을 가져야죠. 내일을 위해!"

"오케이! 책 나오면 연락할게요. 그때 하고 싶은 거 생각나면 꼭 얘기해줘요."

나는 그와 나란히 남산을 걸어 내려왔다. 주차장까지 내려와 하늘을 올려다보니 보름달은 아직도 거기 그대로 있었다. 내일모레는 지금보다 더 예쁘다고 했지. 나는 손을 들어 보름달에게 인사를 했다. 그때 보자!

어떤 사람은 지옥과도 같은 연애를 한다.
어떤 사람은 천국과도 같은 연애를 한다.
어떤 사람은 천국을 지옥으로 알고 살고
또 어떤 사람은 지옥을 천국으로 알고 산다.

나무는 너를
기억할 거야

바람이 분다. 꽃향기가 섞인 달콤한 바람이 불어오는 쪽으로 그녀는 고개를 돌렸다. 부드러운 손이 뺨을 스친 것 같은 순한 바람을 향해 인사라도 하듯 깊은숨을 들이쉰다. 양쪽 길가엔 쑥부쟁이인지 구절초인지 모를 보랏빛 국화가 줄지어 피어 있었다. 고추잠자리와 벌들이 꽃들 사이를 오가며 비행 실력을 자랑했다.

한 시간 동안 지나가는 사람 하나도 없는 길을 그녀는 묵묵히 걷고 있다. 자동차 두 대가 산 쪽으로 올라갔을 뿐이다. 이렇게 오래 길을 걷는 게 처음은 아닌 듯 걷어 올린 팔뚝과 목덜미, 이마가 햇볕에 그을려 반들반들했다.

그녀의 얼굴에는 아무 표정도 없었다. 열 띤 기운이 양쪽 뺨에 조금 얹힌 정도였다. 길을 걷는 사람의 표정은 노동을 하는 사람의 표정을 닮는다고 한다. 그녀 역시 벼를 수확하거나 과일을 따는 사람처럼 단순하고 무심한 표정으로 걷는 데 열중했다. 그녀의 외양은 평범했다. 등에 매달린 작은 배낭과 걷기에 적합한 워킹화, 등산복은 아니지만 산행에 무리가 없는 간편한 옷차림. 어디 하나 눈길을 끄는 데라곤 없었다.

다만 한 가지, 그녀는 계속해서 뭔가를 외우고 있었다. 염불하듯 줄기차게 외우는 건 아니고 오 분이나 십 분 간격으로 무슨 소리인가를 중얼거렸다. 그때만큼은 그녀의 표정에 약간의 변화가 생겼다. 어금니 사이에 단단한 것을 물고 있거나 그것을 살며시 씹는 듯한 표정이 된다. 내용은 또렷이 들리지 않았다. 의미를 되새기기 위한 동작이라기보다 무의미하게 무언가를 반복하는 데 목적이 있는 것처럼 보였다.

작고 마른 그녀의 몸은 쉽게 지쳤다. 외우기를 반복할 때마다 멈춰 서서 이마의 땀을 닦고 다리를 쉬었다. 이마의 땀을 닦을 때는 큰 병을 치료하고 난 뒤의 회복기 환자처럼 기운이 없어 보였다. 다소 지쳐 보였고 회복에 대한 안도와 불안과 감사가 뒤섞인 표정으로 가끔 긴 숨을 내쉬곤 했다. 쉬는 동안 그녀는 배낭을 등에서 내려 품에 안고 있었다. 바닥에 내려놓았을 때도 한참씩 쳐다보곤 했다.

드디어 절 입구가 가까워졌음을 알리는 표지판이 나왔다. 일주문 앞에서 노인 두엇이 손을 모으고 대웅전을 향해 머리를 조아리며 기도를 올리고 있었다. 그녀는 문 옆의 늙은 팽나무 그늘에 서서 손부채를 부치며 시간을 지체했다. 나뭇잎 사이로 비치는 햇살이 그녀의 얼굴에 번갈아 빛과 그늘의 무늬를 만들었다. 울음과 웃음을 자유자재로 구사하는 희극배우의 얼굴 같았다. 그 얼굴이 그녀가 한때 아주 명랑한 소녀였을지도 모른다는 생각이 들게 했다.

어떤 사람은 지옥과도 같은 연애를 한다.

어떤 사람은 천국과도 같은 연애를 한다.

어떤 사람은 천국을 지옥으로 알고 살고

또 어떤 사람은 지옥을 천국으로 알고 산다.

그런데 도대체 이 세상에 누가 그런 이름들을 붙였을까.

소녀는 알 수가 없네.

그래서 노래를 부르네.

사람들의 이름을 부르네.

무슨 말인지도 모르면서 이런 가사의 옛날 노래를 부르며 발장난을 치는 소녀 말이다. 머리에 붉은 물을 들이고 껌을 씹 거나 미니스커트를 입었을 때도 있었겠지. 잠시 후 닥칠 불운 을 잊기 위해 소녀의 껌 씹는 속도는 점점 더 빨라지고 소리도 거칠어질 것이다.

절 안으로 들어간 여자는 대웅전 쪽으로 갔다. 거기에 이미 와 있던 대여섯 명의 사람들처럼 오체투지의 절을 몇 번이고 반복했다. 마지막으로 바닥에 엎드려 한동안 일어나지 않았 다. 그녀를 내려다보고 있는 부처상에 파리가 지루한 듯 앉았 다 일어났다를 반복했다. 그녀는 세상의 모든 소리를 듣고 사 람들의 고통을 헤아린다는 관세음보살의 눈을 마주보지 않았다. 얼마 후 밖으로 나온 여자는 대웅전 뒤로 난 오솔길을 익숙한 걸음으로 걸어갔다.

오십 미터쯤 걷자 소나무 숲이 나왔다. 솔향기가 짙게 풍겨왔다. 그녀는 심호흡을 했다. 그중의 한 소나무를 향해 천천히 걸어갔다. 마치 오래 떨어져 있던 친척을 만난 듯, 서로 얼굴을 알아보고 그동안 얼마나 변했나 안부를 주고받듯 커다란 소나무에게 다가가 둥치를 쓰다듬었다. 그러고는 손을 모으고 소나무 둘레를 계속 돌았다. 아까 절을 하던 자세와 표정으로 소나무 둘레를 돌다가 두 팔을 벌려 소나무를 끌어안았다. 그것은 인디언들의 의식인 트리허깅을 연상하게 했다. 그들은 하늘을 향해 치켜든 팔로 나무를 끌어안고 어루만지면 나무의 정령과 대화를 할 수 있다고 믿었다. 그녀는 나무기둥에 귀를 갖다·댔다. 마치 거기서 흘러나오는 듯 오래전 들었던 한 사람의 말을 생각한다.

"난 죽어서 이렇게 큰 나무로 태어났으면 좋겠어. 그러려면 착한 일을 엄청 많이 해야 한다더라. 난 별로 그러지 못했으니까 나무는 못 될 거고, 그냥 나무의 거름이나 돼야겠다. 나를 위해 그 정도는 해줄 수 있지? 내가 죽으면 나를 여기 꼭 뿌려줘. 꼭 네가 그렇게 해줬으면 좋겠다."

"우리 둘 중 누가 먼저 죽을지 어떻게 알아? 난 싫어. 네가 더 오래 살아서 나 죽을 때 그렇게 해줘. 넌 게으르게 살았으니까 오래 살 거 아냐?"

그녀는 농담이 아니라 진심으로 그러길 바랐다. 그는 가만히 그녀 쪽으로 다가와 한 팔은 나무를 안고 다른 한 팔로는 그녀를 안았다. 나무 냄새와 그의 냄새가 섞여서 그녀의 콧속으로 흘러들었다. 그 후로 그를 생각할 때면 언제나 그 냄새가 먼저 떠올랐다. 이제 다시는 그 냄새를 맡을 수 없게 되었지만.

아주 짧은 순간 그녀 인생은 송두리째 바뀌었다. 같이 탄 차가 가드레일을 들이받았을 때 남자는 나무를 끌어안듯 그녀의 머리통을 끌어안았다. 자동차의 앞부분이 반이나 우그러지는 큰 사고였다. 그는 그 자리에서 즉사했지만 그녀는 그의 팔 안에서 무사할 수 있었다. 둘의 자리가 바뀌었더라면 어떻게 되었을까, 나는 무엇을 어떻게 했을까, 그녀는 되감기 버튼을 눌러 그 상황을 천 번도 넘게 재현해보았다. 완전히 달라진 그녀 인생과 달리 그 상황은 달라질 수 없었다. 그가 그렇게 만들어놓고 떠났다.

그녀는 나무에게서 충분히 기운을 얻은 듯 나무를 껴안은 채 한참을 더 서 있었다. 마침내 긴 숨을 뱉어내고 배낭에서 흰 봉지를 꺼냈다. 봉지는 검은 리본으로 묶여 있었다. 리본을 풀고 봉지 속의 하얀 가루를 나무 밑동에 뿌렸다. 흰 가루 위에

썩은 나뭇잎과 흙을 몇 움큼 더 얹었다. 그녀는 다시 일어나 나무 주위를 돌며 아까 외웠던 그 소리를 읊조렸다. 바람이 그녀의 머리칼을 흩트렸다. 그녀는 나무를 끌어안고 조용히 눈을 감는다.

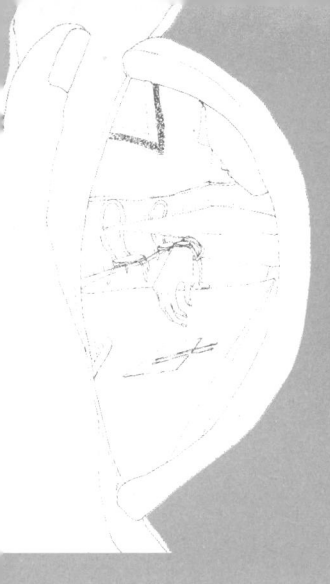

이 자리가 파할 때면 밤은 깊어지고 발은
무거워 각자의 집으로 돌아가고 싶겠지만
지금은 닭다리 살을 벗겨내며 죽은 닭의 뼈
들을 패총처럼 쌓아올리며 아무것도 할 게
없는 자들의 만남을 이어간다.

남과 여

저기, 그 사람이다.

남자는 계란말이를 시켜놓고 맥주잔에 입술을 살짝 갖다 댔다. 한 모금도 안 마신 척 입술을 훔치고 똑바로 앉았다. 여자가 문 앞까지 온 것도 모르고 시계를 들여다보며 검지로 맥주잔에 흐르는 냉기를 훑는다. 자기 심장의 물기를 쓰다듬듯, 누군가의 뺨을 쓰다듬듯 은근한 손길이다. 얌전하게 여민 치마폭같이 가지런하게 썬 계란말이처럼, 그 위에 뿌린 통깨처럼 그의 손등에서도 땀구멍에서도 솔솔 고소한 냄새가 난다.

"합정동 팔 번 출구에서 왼쪽 골목으로 꺾어 쭉 들어와요. 앞만 바라보고 한참 잊어버리고 걷다보면 눈앞에 '기쁜 날 치킨집'이 보일 거예요."

온통 버림받은 기억밖에 없는 남자가 온통 도망친 기억밖에 없는 여자를 초대했다. 남자가 여자를 호출한 건 십 년 만이었다. 여자는 삼 년 만에 남자의 부름을 받았다.

'웃음을 팔아야 하나, 눈물을 팔아야 하나.'

여자는 '기쁜 날' 앞에서 망설인다. 남자의 옆자리에 남자보다 더 떨리는 표정으로 누워 있는 꽃다발을 본 게 잘못이다. 저토록 고운 화대를 준비했다면, 나도 꽃처럼 웃어야 하나, 여자는 문을 밀며 생각한다. 남자와 여자, 눈길이 마주치자 동시에 웃는다. 여자는 눈만 웃는다. 남자의 입술이 계란말이처럼 말린다.

남자와 여자는 계란말이 속에 박힌 당근처럼 파처럼 간간이 미소를 지으며 건배를 하고 맥주를 홀짝홀짝 마신다.

"미안해요. 나는 이제 맥주밖에 못 마셔요."

여자가 괜찮다고 해도 남자는 자꾸 미안하다고 했다

"미안해요. 나는 이제 홀짝홀짝밖에 못 마셔요."

여자가 얘기 들었다고, 큰 병을 앓았다는 소식 들었노라고 위로했다. 남자는 미안함으로 어두워진 얼굴로 예전에 버림받았을 때보다 더 낮은 소리밖에 내지 못한다.

'자신이 없다.'

'자신을 잃었다.'

'어디서 자신을 찾아야 할지도 모른다.'

남자의 표정은 그렇게 말하고 있다. 그 앞에서는 누구도 자신 있게 말할 수 없도록 그는 온통 자신을 잃고 빈 부대자루처럼 앉아 있다.

"먹어요."

남자는 가장 예쁘게 썬 계란말이를 가리켰다

"이걸 빨리 먹어야 치킨을 시키죠."

여자는 치킨을 시킬 건데 뭐 하러 괜히 계란말이를 시켰냐고 물으려다 그만둔다. 기다리는 동안 주인여자한테 미안해서 빈 테이블을 그냥 지키고 있지 못할 남자였다. 여자는 계란말이 하나를 집어먹는다. 치킨 집에 와서 왜 닭이 되지 못한 계란 요리를 시켰느냐는 농담도 건네지 못했다. 갑자기 여자가 크게 웃는다. 남자는 자기 얼굴을 매만진다.

"이상해요. J 씨 전화를 받는 날은 꼭 통장에 돈이 들어와요. 몇 년 전에도 그랬고, 오늘도 그랬어요."

"그래요? 하하하. 재밌네요."

남자는 모처럼 크게 웃는다. 백 점 맞은 아이 같다. 하지만 자신이 불운이 아닌 행운을 가져오는 사람이라는 말을 끝내 믿지 못하겠는지 표정은 도로 어두워졌다.

"그러니까 얼른 계란말이 다 먹어요. 치킨은 제가 사드릴게요."

"난 K 씨를 만나러 나오는 날은 꼭 시가 써져요."

남자가 이번에는 미안하다는 표정을 짓지 않고 말했다. 남자는 시인이었다. 시 얘기를 할 때만 자신 없는 표정이 지워졌다. 남자는 테이블에 손가락으로 글자를 쓴다. 그리고 여자를 본다.

오늘은 말로써 절을 짓지 말자
오늘은 꽃으로 사랑을 부르자

예쁘다는 말 열 번쯤 해주자. 꽃에게도 그녀에게도.

참 이상한 일이라고 두 사람은 동시에 같은 생각을 하고 그 생각을 담은 얼굴을 마주보았다. 손을 잡지도, 사랑을 선언하지도, 하다못해 종종 만나자는 말도 하지 않은 사이지만 남자는 여자를 생각할 때마다 연애시가 떠올랐다. 자신이 여태 거쳐 왔던 어떤 연애의 사연보다 진한 연애시였다. 본인에게 말하면 분명 화를 낼 구절도 있다.

남자는 언제나 말이 없고 말 대신 술잔을 만지작거렸지만 여자는 그동안 만났던 어떤 남자에게서보다 많은 얘기를 들은 느낌이었다. 남자의 사연 많게 생긴 분위기 때문만은 아닐 것이다. 이 남자를 잘 알고 있는 것만 같았다. 아니다. 별로 알 필요 없다는 생각이 들었다. 그것은 관심이 없다는 말과는 다른 거다. 일종의 연대감이었다.

'우린 서로 한통속이에요, 그쵸?'

둘 다 그렇게 말하고 싶은 얼굴이었다. 아주 멀리 있는데, 가까이 가려는 생각도 없는데, 그녀는 그와 한 방 아랫목에서 한 이불을 덮고 나란히 벽에 등을 기대고 있는 것 같은 기분이었다. 허물없다. 이물 없다. 그런 말을 한 번도 써보지 않았지만 아마도 이런 거겠구나, 싶었다.

오늘 아침, 여자는 누워서 아픈 머리를 누르다 벌떡 일어나 커피 물을 올렸다. 커피를 향한 갈증이 하루를 시작하는 첫 희망이었다. 희망. 무엇을 간절히 원한다는 것. 그 마음이 좋았다. 커피 향을 맡으며 산소를 공급하듯 커피를 입으로 가져간다. 쓰고 메마른 냄새. 쓴 커피가 한 모금 목으로 흘러내리고 마음 속 침묵이 깨진다.

'침묵이 무섭다. 각오가 무섭다. 반성이 무섭다.'

그때 남자의 전화를 받았다. 남자의 목소리는 침묵을 산산이 부수고 각오를 선반 위에 올려놓게 했고 반성을 손에서 뺏었다. 커피를 몇 모금 마시는 사이 여자가 그동안 잃어버린 것들은 가볍게 허공으로 사라졌다. 남자는 여자의 오후를 채워주겠다고 제안했다.

"별일 없으면 잠깐 얼굴 좀 보여주세요."

여자는 거절을 준비하지 못했다. 그의 제안은 거절을 전제로 한 것이 아니었다. 사랑한 일도 없는데 사랑의 시를 쓰고 같이 산 적도 없는데 따끈한, 혹은 냉골인 방구들을 느끼고 열린 창문으로 들어온 바람을 기억해낸다. 남자 그리고 여자. 각기 다른 생각 속에서 각자 편안하거나 불편하다. 남자와 여자 사이에 불편함이 더 이상 불편하지 않은 상태는 어떻게 찾아오는 것일까. 남자는 담배를 비벼 끄고 치킨을 한 마리 주문했다.

"잘 튀겨주세요."

"그럼요."

주인여자는 시원스레 대답한다. 아닌 게 아니라 바싹 잘 튀겨진 맛있어 보이는 닭고기가 테이블로 배달되었다.

"어여 먹어요. 함박함박 좀 들어요. 그리고 살 좀 쪄요."

그 말은 바람벽에 등 기대고 앉았던 기억을 불러온다. 이불 속에서 서로 발이 부딪칠까 봐 몸 웅크리고 숨죽이던 첫사랑의 시절. 방구들은 점점 뜨거워져 몸은 움찔거리고 발바닥은 가렵다. 심장은 제멋대로 뛰었다. 웃지 않고 지나간 날이 하루도 없던 시절이었다.

남자는 닭다리를 냅킨으로 집어 여자에게 건넨다. 여자는 졸깃한 살점을 오물거리며 두 번째 맥주를 시킨다. 함박함박 먹는 게 어떤 건지 몰라서 여자는 닭다리 하나를 다 먹을 때까지 내려놓지 못한다.

"아, 숨차."

여자는 큭큭 웃으며 새 맥주잔을 들어 벌컥벌컥 마신다.

"벌컥벌컥 마셔서 미안해요. 괜히 약 올리는 거 같다."

"아닙니다. 아주 좋아요. 보고 있기만 해도 내가 마신 것처럼 시원합니다. 전 여자가 맥주 마시는 게 그렇게 예뻐 보이더라구요. 거품 묻은 입술도."

남자는 너무 노골적인 표현을 썼나 싶어 얼굴을 붉힌다.

"참, 이 꽃."

남자는 여자에게 꽃다발을 내민다. 여자는 남자의 눈동자를 깊숙이 들여다본다. 거기에 꽃다발을 선물한 이유가 쓰여 있기라도 하다는 듯이.

"갑자기 꽃을 사고 싶어졌어요. 받아줄 거죠?"

여자는 꽃다발을 두 손으로 받으며 꽃에 코를 갖다 대고 냄새를 맡는다.

"분홍색 백합도 있네요. 이런 화려한 꽃다발은 크게 잘한 일이 있는 사람들이 받아야 하는 거 아닌가. 제가 받긴 좀 과분한 선물인데요."

"하나도 과분하지 않아요."

남자는 꽃다발을 들고 꽃의 얼굴과 일일이 눈을 맞추는 여자를 물끄러미 바라본다. 그의 얼굴에 잠시 미소를 닮은 표정이 떠오른다. 두 사람의 대화 속도는 더 빨라지지도 더 느려지지도 않고 처음의 속도로 이어졌다. 그들이 서로에게 전하고자 하는 것은 대화를 통해 이루어질 수 있는 건 아닐 것이다. 아무것도 없는 허공에서 똑같은 걸 찾아내는 동안 술자리는 계속된다. 이 자리가 파할 때면 밤은 깊어지고 발은 무거워 각자의 집으로 돌아가고 싶겠지만 지금은 닭다리 살을 벗겨내며, 죽은 닭의 뼈들을 패총처럼 쌓아올리며 아무것도 할 게 없는 자들의 만남을 이어간다.

"심심하죠?"

남자는 혹여 여자가 자신과의 만남을 지루해할까 봐 초조하다. 여자는 고개를 젓는다. 심심함이 뭔지 오래전에 잊었다. 싱싱함이라면 조금 안다. 미처 친해지지 않은 사람끼리 이어가는 이 시간은 싱싱하다. 그래, '미처'가 맞다. '아직'이라고 말하기엔 시간이 좀 흘렀다. 남자의 성욕과 여자의 배란기를 주기로 만남을 이어오던 지난 연애의 잔재도 닭 뼈들 사이에 쌓인다. 어느 날 서로에게 흥미를 잃었던가. 누구나 두려워하는 그 순간. 몸은 너무도 호흡이 짧아 마음이 붙들어주지 않으면 흔들리고 떠다닌다.

"지금 이 시간이 참 좋아요. 아주 오랜만에 맛있는 술 마셨어요."

"술이라면 언제든지 사드릴게요. 저랑 술 마시면서 맛있다고 하는 사람이 전 좋습니다."

마지막 술잔이 비어간다. 남자는 하고 싶은 말은 하지 못했지만 조급하지 않았다. 어쩌면 그 말은 하지 않아야 할 말인지도 모르겠다고 생각하니 울컥 서러움이 밀려왔다. 그 순간 여

자는 그의 표정을 읽는다. 여자는 남자를 향해 고개를 끄덕인

다. 남자도 고개를 끄덕인다.

선생님이 타로점이나 혈액형 같은 걸 믿는다면 누가 곧이 들겠어요. 냉철하고 엄격하기가 일본장도 같은 분이. 사무라이 칼 말이에요. 스윽, 심장의 살을 베고 지나간다고 누가 그러던데.

아침에 만나는
첫 번째 사람

어머, 죄송해요. 제가 먼저 전화를 했어야 했는데 오래 연락을 못 드려서. 이번 일이 급하다고 하신 말씀은 잊지 않고 계속 마음에 담아두고 있었어요. 어쩐 일인지 요즘 갑자기 바빠졌어요. 긴급하다는 다른 일들이 꼬리를 물고 이어지는 거예요. 오늘내일 하면서 연락을 미룰 수밖에 없었어요. 어쩌죠. 이번 주는 매일 약속이 잡혀 있어서 시간을 내기가 어려울 것 같아요. 다음 주엔 외국에 나가신다구요? 정말 어쩐다. 목요일도 금요일도 회의에다 출장이 있고 주말에도 지방에 갈 일이 있거든요. 제가 내일 오전에만 잠깐 스케줄이 없어요. 죄송해요. 평소엔 그렇게 한가해서 파리만 날리더니 이번 달엔 무슨 작정이라도 한 것처럼 일제히 전화를 해서 일을 제안하네요. 아니에요. 이 시기 지나면 또 실업자 신셀 텐데요, 뭘. 프리랜서 전화 안 오면 죽는다는 거 잘 아시잖아요. 전화 올 때 잘해야죠. 정말 아니라니까요. 제가 뭐 바쁜 척하면서 주가 올리려고 폼 잡는 사람인 줄 아세요? 전 제가 감당할 수 있는 만큼의 업무량이 얼만지 확실히 알아요. 저, 이러면 어떨까요? 어차피 서로 시간이 내일밖에 없으니까 내일 아침 일찍 만나는 거예요. 그리고 아침을 같이 먹죠. 비즈니스 통상 그런 일은 처음이라구요? 그야 뭐 그렇겠죠. 대부분의 도시인들이 아침에는 피곤해서 뭘 하려고 하지 않으니까요. 예외라는 게 있잖아요. 외국 갔다 돌아오면 달을 넘기는 거니까 너무 늦잖아요. 일단 얘기는 끝내놓고서 돌아온 다음 각자 검토한 사항을 다시 얘기하면 어때요? 그러면 그만큼 시간을 벌게 되지 않을까요? 지금의 우리에게 다른 선택의 여지는 없는 것 같은데요. 그래요, 그럼. 하하하, 자연스럽지 않은 일이고, 심지어 어색할 수도 있겠지만 방금 세수한 얼굴로 한번 만나봐요. 저도 아침에 일로 사람을 만나본 적 별로 없어요. 워낙 늦잠꾸러기라서. 지금은 우리가 만날 시간이 없으니 할 수 없이 일어나자마자 나올 수밖에 없죠. 여덟 시 어때요? 전 보통날 같으면 그 시간에 쿨쿨 잠을 자요. 내일은 한번 오래 미루던 조깅을 시작하는 기분으로 일곱 시에 일어나볼게요. 우리 동네 근처에 사직공원이 있거든요. 그 앞에서 여덟 시에 만나요. 선생님 사무실도 그리 멀지 않으니 둘 다에게 공평한 장소일 거예요. 아니면 광화문 어디도 좋고. 제가 아침밥 하는 곳을 알아봐둘게요. 브런치요? 난 그거 안 좋아하는데 어쩌지. 무슨 샌드위치하고 샐러드 몇 가지 준비하고 왕창 비싸게 받아먹는 그런 식당, 너무 웃기지 않아요? 미국영화의 힘이 대단하긴 해요. 〈섹스 앤 더 시티〉의 인기 이후로 브런치 붐이 일어난 거라면서요. 그냥 고전적인 아침밥으로 해장국이나 콩나물국밥 같은 거 먹고 대신 커피는 맛있는 걸로 마시기로 해요. 일 얘기는 걸으면서 해도 좋고. 어,

기분이 괜찮은데요. 아주 새로운 것, 한 번도 안 해본 걸 시도하는 거잖아요. 난 뭐든 그런 건 다 좋아해요. 설마 늦으시는 건 아니죠? 제가 지난번에 두 번이나 약속을 어겼다고 이른 아침부터 사람 바깥에 세워놓고 허탕 치게 한다거나 그런 일은 신사답지 않아요. 하하하. 그럼요. 이 정도의 방어막은 쳐놓고 시작해야지. 미안했어요. 그땐 정말 어쩔 수 없었다니까요. 전 사실 약속도 잘 지키고 변명할 일도 잘 안 만드는 사람인데, 어어, 진짜예요. 그런데 이상하게 P 선생님하고는 약속이 어긋나고 헛말을 하게 되고 완전히 신용 잃을 일이 자꾸 생기네요. 만회할 기회가 있을 거라고 믿어요. 좋은 사람까지는 아니더라도 다른 사람이 아는 것만큼의 인상을 심어줄 때까지 계속 만나야겠는걸요. 지난번에 운을 뗀 얘기 잘 생각해보고 정리해서 내일 말씀 드릴게요. 아이템은 맘에 드는데 사실 자신이 없어서요. 선생님이 저에 대해 잘 모르시고 과대평가한 부분도 있구요. 작업을 같이 하는 건 저도 동의해요. 선생님 명성은 익히 들었으니 유능한 사람과 함께 일해보는 경험은 저한테도 영광인데 거절할 리가 있나요. 그리고 선생님이 저에 대해 자료조사도 안 해보고 그렇게 충동적으로 일을 결정할 분이 아니라는 것도 알아요. 그러니 저를 믿어서가 아니라 선생님을 믿고서 한번 해보려구요. 일단 반은 맘을 정했어요. 이번 일 하자!

제대로 잘 해보자! 일이라는 게 그렇잖아요. 해봐야 뭘 알아도 알게 되는 거. 좋은 작업은 배움을 얻는 거고 나쁜 작업은 교훈을 얻게 된다는 점에서는 예술과 똑같아요. 잘될 거라는 확신이 없으면 일을 벌이지 않는다는 저의 단점은 굳이 지적 안 해서도 잘 알고 있어요. 이번은 달라요. 인생관 바꿔서라도 일단 부딪쳐볼게요. 남은 얘기는 내일 아침에 해요. 장소를 찾기가 힘들진 않을 거예요. 사직공원이 그렇게 넓었던가. 사직공원 입구가 좀 정신없긴 해요. 누하동으로 들어가는 입구에 커다란 느티나무가 있어요. 나무 그늘이 꽤 깊으니까 거기서 만나요. 정문도 보이고 바람이 불어 정문 쪽보다 선선해서 기다리는 장소로 적당할 거예요. 아아, 아니요. 절대로 늦지 않을 거예요. 만일의 경우. 만의 하나 그런 일이 생길 것에 대비하려구요. 그런 대비를 하면 그런 일이 생긴다구요? 알았어요. 그냥 정문에서 여덟 시에 만나요. 내일은 또 얼마나 멋진 모습으로 나오실지. 지난번에 입은 그 파란 잉크색 셔츠 멋지던데. 전 원래 잘생기고 멋쟁이인 남자 만나는 거 좋아하거든요. 눈요기는 남자만 하나요, 뭐. 멋진 외모와 미소를 가진 남자와 마주 앉아 얘기하는 게 제 취미생활이에요. 내일은 그걸 아침 일찍부터 한다고 생각하니 훨씬 더 설레는걸요. 전 미신을 잘 믿는 편이거든요. 사주, 별자리, 타로점, 관상, 온갖 점이란 점은 다 찾아서 보죠. 심지어 혈액형도 믿어요. 제 미신 중 하나가 아침에 첫 번째 만나는 사람, 첫 번째 걸려오는 전화, 첫 번째로 눈에 띄는 사건. 그런 것들이 하루 운수, 일주일 운수를 좌우한다는 믿음이에요. 그래서 아침 일찍 걸려오는 전화도 좋아하지 않아요. 기쁜 소식을 갖고 오지 않으면. 어, 그래요? 그렇구나. 그건 몰랐어요. 겁이 많은 사람이 점을 믿는 거군요. 전 제가 원래 몽상가적인 기질이 있어서 그냥 좀 허황되구나, 정도로 생각했거든요. 겁이 많고 원초적 불안이 많은 사람들이 그딴 걸 신경 쓰며 찾아다니는 거였군요. 에고, 난 왜 이렇게 단점이 많으냐. 고마워요. 그렇게 자신의 명예를 던져서 저를 옹호해 주지 않아도 되는데. 선생님이 타로점이나 혈액형 같은 걸 믿는다면 누가 곧이듣겠어요. 냉철하고 엄격하기가 일본장도 같은 분이. 사무라이 칼 말이에요. 스윽, 심장의 살을 베고 지나간다고 누가 그러던데. 그 말에 뭘 그렇게 정색하고 그러세요? 그런 악담이라면 백번 들어도 기분 좋을 거 같은데요. 그렇게 분명하고 정확하고 명석한 사람이 항상 부러워요. 뜨뜨미지근 어중간 얼렁뚱땅 어영부영. 이런 부사들로 점철된 인생을 살아서. 몽상가가 온정적이면 얼마나 최악의 캐릭터가 되는지 선생님은 상상도 못 하실 거예요. 그래서 아침 약속도 한 거라구요? 그래도 그건 그리 나쁜 선택 같지 않은데요. 아하, 그렇구나. 사고라는 걸 그렇게 하는 거구나. 전 그 일이 품고 있는 리스크까진 생각 못 했어요. 무슨 결정을 할 땐 얼른 위험도가 얼마나 높은지 순간적으로 판단해야 하는 거군요. 전 정반대예요. 그 일이 얼마나 즐거울지만 생각해요. 결정을 긍정적인 측면만 보고 하면 부정적인 결과를 얻게 되기가 쉽군요. 그럴 듯하네요. 부정적인 부분을 검토하고 일을 시작하면 오히려 일이 긍정적인 쪽으로 진행되겠군요. 몰라요, 몰라. 그래도 내일 약속은 그냥 밀어붙일래요. 부정적인 결과가 나오면 그때 다시 생각해볼래요. 꼭 그러세요. 선생님도 나처럼 터무니없는 사람이 어떻게 사는지도 구경하고 조언도 해주고 그러세요. 음덕을 베푼다 생각하시고. 내일이 빨리 왔음 좋겠네요. 이 재밌는 얘기 조금 더 이어서 하고 좋은 말씀도 새겨듣고 그러게요. 내일 아침 여덟 시 사직공원! 오케이?

야행

너와 함께 하는 모든 경험은 나에게 처음이었다. 어떤 매뉴얼도 준비되어 있지 않고, 상처는 새록새록 아팠고, 도움을 청하는 법은 전혀 몰랐다. 모든 것이 생생하고, 생생하다 못해 절절했다. 텅 비어 있는 기억창고. 그 모든 것을 또렷이 인식하면서 움직일 줄은 모르는 굼뜬 몸. 내게 남은 것은 이제 아주 사소한 것들뿐이다.

"광흥창에 산다고? 거기가 어디냐?"

옛날에 곳간으로 쓰이던 큰 창고가 있던 동네라고 너는 대답했다. 서울에서 삼십 년을 살도록 네가 사는 동네에 한 번도 가본 적이 없다. 삼척이나 태백 근처의 어느 시골마을 이름 같은 동네. 전철 노선도에서밖에 본 적 없는 동네. 그곳에 네가 산다.

어느 여름날 밤, 전철에 앉아 꾸벅꾸벅 졸고 있는데 갑자기 귓속으로 광흥창역이라는 안내방송이 들렸다. 나는 벌떡 일어나 전철 밖으로 튀어나갔다. 누군가 나를 유심히 봤다면 분명 그렇게 말했을 것이다. 어떤 남자가 자리에서 튕겨 일어나 전철에서 뛰쳐나가더라. 열한 시가 넘은 시간이었다. 막차를 놓치지 않으려는 취객들로 전철과 전철역은 붐볐다.

전철역 밖으로 나와 주변을 두리번거리며 네가 살고 있는 아파트를 찾았다. 한밤에 올려다보는 아파트 건물은 공동묘지의 비석 같은 느낌을 주었다. 나는 그 건물을 한참 올려다보고 서 있었다. 넌 그곳에 있을 테지만, 잠잘 준비를 하고 있겠지만 나는, 나는 지금 여기에 와 있다.

'이제 무엇을 해야 하는 것이냐.'

네 아파트 이름과 똑같은 상호를 달고 있는 골목 앞 편의점으로 갔다. 캔맥주를 하나 사들고 건물 꼭대기에 이마의 흉터처럼 박힌 네 아파트 이름을 되뇌면서, 그 문패에 역겨움을 느끼면서 캔을 땄다. 맥주는 와락 거품을 토해내며 내 손을 적셨고 바지자락을 적셨다. 그때 주머니에서 핸드폰이 진동했다. 너였다. 난 맥주거품 묻은 손을 바지자락에 닦으며 전화를 받는다. 늘 똑같은 너의 첫마디.

"뭐해?"

"맥주 마셔."

"집에서?"

"아니."

그리고는 멈칫. 너는 미심쩍은 목소리로 어디야? 누구랑 있는데? 묻는다.

"그런 걸 왜 물어?"

나는 짜증스럽게 대답한다.

"왜? 말 못 할 사연이라도 있나 부지? 알았어!"

전화는 끊어졌다. 정확하군. 말 못 할 사연? 있지. 뭐라고 말해야 할지 모를 사연. 넌 내가 이 정도로 소심한 인간인 줄 상상도 못 할 거다.

'너 지금 할 일 없지? 삼 분 안에 아파트 앞으로 나와. 아무리 바빠도 다 제쳐놓고 나와. 빛의 속도로 튀어서, 당장.'

그 말을 해야 했다. 베란다에 나가 밖을 내다봐. 내가 보일 거야. 나 여기 있어. 그 말은 맥주 거품처럼 내 입에서 홀로 꺼져 내렸다. 아파트 창문의 불빛이 하나씩 꺼지고, 꺼졌던 창은 하나씩 불이 들어왔다. 맥주는 맛이 없고, 전철은 끊어지고 내가 나를 더 싫어하게 될 시간은 다가온다.

나는 왜 이렇게 멍청한 데다 재수가 없는 놈이냐. 너한테 욕 먹어도 싸다. 채여도 싸다. 한심한 놈. 아무 이유도 핑계도 없이 단지 사랑한다는 말 한마디 하기가 그렇게 어렵더냐. 보고 싶단 말 하기가 그렇게 어렵더냐. 난 너무 가난해서 너를 자주 부르지 못한단 말을 하기가 그토록 어렵더냔 말이다.

실업자이다가 인턴사원이다가 다시 실업자이다가 또 다른 비정규직사원이다가를 반복하는 내 삶이 부끄러워서 나는 너를 부를 수가 없었다.

부끄러움에 더해 바쁘고 정신없는 날들이 많았다. 그것이 가난의 실체다. 아무 실질도 내용도 없으면서 한가한 날이 없는 것. 그것들에 대해 너에게 말할 수 없었다. 가장 말하고 싶은 사람에게 말할 수 없는 얘기를 많이 가진 것이 가난한 사람의 특징이다. 이러다 나는 친구 한 명 없이 죽으리라. 구더기만 나의 마지막 벗이 되어 관 속에서 열렬히 나를 탐하리라. 난 그렇게 살다 그렇게 죽으리라.

너와 함께 하는 모든 경험은 나에게 처음이었다. 어떤 메뉴얼도 준비되어 있지 않고, 상처는 새록새록 아팠고, 도움을 청하는 법은 전혀 몰랐다. 모든 것이 생생하고, 생생하다 못해 절절했다. 텅 비어 있는 기억창고. 그 모든 것을 또렷이 인식하면서 움직일 줄은 모르는 굼뜬 몸. 내게 남은 것은 이제 아주 사소한 것들뿐이다.

시간이 가르쳐주는 것은 하나도 없었고, 경험이 가르쳐주는 것은 더욱 없음을 깊어진 어둠 속에서 한탄해봤자 무슨 소용이 있겠냐. 자신의 정체가 부끄러운 나머지 남을 부르는 목소리를 갖지 못한 자의 숙명은 하나 더 있다. 오직 자신의 이름만을 부르도록 허락되었다. 자신의 심장을 하루에 한 번만 쓰다듬을 수 있는 가끔의 위안만이 허락되었다.

나는 맥주 캔을 우그려 바닥에 던진다. 소심한 나는 일어나서 우그러진 맥주 캔을 발로 밟아 납작하게 만든 뒤 쓰레기통에 곱게 집어넣는다. 소심함도 이 정도면 거의 정신병 수준이다. 아무 일도 저지르지 못할 못난 인간. 누가 나도 좀 그렇게 납작하게 밟아서 쓰레기통에 집어넣어 주었으면 좋겠다고 생각하며 서둘러 전철역으로 걸어간다. 마지막 전철이 제발 끊어지지 않았기를 바라면서. 마지막 전철이 끊어지기 전까지만 헤맸기를 바라면서. 다시는 이러지 말아야지 다짐하면서. 왜 나는 이런 기도밖에 할 줄 모르나 비웃으면서.

체념이
항상 나쁜 것만은
아니야

미안하다.
지금 내가 하고 있는 얘기들 너를 외롭게 할 거다. 하지만
네가 내 옆에 있어서 나는 지금 이렇게 사치스러운 투정
을 할 수 있는 거야. 그것만은 잊지 말아줘. 넌 내게 필요
한 사람이야. 더 행복해지기 위해서, 너랑 더 잘 지내려
고 떠나는 거야.

1.

현수야!

네가 출장 가고 없는 서울은 훨씬 더 고요한 느낌이다. 퇴근하고 마트에 들러 와인과 초밥을 사가지고 돌아왔다. 가장 간단하게, 그러면서도 영양이나 먹는 즐거움을 소홀히 하지 않는 저녁식사라고 네가 가르쳐주었다. 미소된장국과 모듬 초밥을 와인 석 잔과 함께 먹고 나니 포만감과 더불어 알맞게 이완된 신경이 졸음을 불러온다. 나는 이런 물리적 느슨함을 행복이라고 부르고 싶다. 너도 알다시피 나야 늘 조여진 신발 끈처럼 나를 타이트하게 관리하는 타입이잖아. 발이 신발 속에서 맘대로 돌아다니면 어떻다고 숨도 못 쉬게 신발 끈을 꽉 조이는 것이 이제 아주 버릇이 되었다.

얼마 전에 네가 사준 시디를 틀었다. 긴장을 도저히 늦출 수 없을 때 들으라던 바흐의 피아노곡은 졸음을 부추긴다. 졸음 사이로 너무도 강렬한 여행에의 욕구가 나를 흔든다. 몇 년 동안 일에만 매달려왔다. 아침부터 저녁까지 쉬지 않고 일만 생각하고 일만 했다. 광고라는 게 곧바로 매출과 연결되기 때문에 성과가 단박에 눈에 보이잖아. 감각과 근성 없이는 할 수 없는 일인데 지구력 없는 내가 주제넘게 오래 버텼다. 모자란 부분은 노동과 과도한 집중으로 메우며 버텨왔어.

오늘 이번 음료 광고 완전히 끝냈다. 한 이틀 쉬라고 팀장이 그러더라. 사흘 쉬면 안 되냐고 물었다. 아직 살 만한가 보네, 농담할 여유도 있고. 나를 잘 모르는 팀장은 웃어넘기더군. 물론 나는 농담을 한 게 아니었어.

나 며칠 전에 밤샘작업하면서 잠깐 쉴 때 비행기 스케줄 다 알아봤거든. 낼 새벽에 떠날 거야. 사흘쯤 어디 가서 행복하게 숨어 있다 올게. 지금의 너와 나는 상상할 수 없는 완전히 다른 시간을 보내고 올 생각이야. 정말 그러고 싶다. 나조차 내가 뭘 할지 모르는 낯선 시간 속을 헤매고 싶어. 서른셋이면 디자이너로는 정점이다. 앞날에 대해서도 생각을 좀 해봐야겠어.

지금 내 기분을 말하자면 내 인생이 정지해 있는 것만 같아. 네가 있고 일이 있고 난 건강하고 하루하루 안락한 시간들이 흘러가는데도 난 왜 이렇게 불안하고 내 인생에 대해 불끈불끈 화가 치미는지 모르겠다.

미안하다.

지금 내가 하고 있는 얘기들 너를 외롭게 할 거다. 하지만 네가 내 옆에 있어서 나는 지금 이렇게 사치스러운 투정을 할 수 있는 거야. 그것만은 잊지 말아줘. 넌 내게 필요한 사람이야. 더 행복해지기 위해서, 너랑 더 잘 지내려고 떠나는 거야.

네가 사준 목걸이는 꼭 걸고 갈게. 내 여행의 안전을 지켜줄

거라고 믿는다. 여태 내가 받은 선물 중 최고였다. 너의 고심이
고스란히 느껴지는 선물이었어. 목걸이를 내 목에 거는 순간
네 얼굴이 환해지더라. 내가 봐도 믿어지지 않을 만큼 나한테
잘 어울렸어. 너 알고 있었니? 붉은색 보석이 박혀 있는 목걸
이는 나를 위한 선물이 아니라 너를 위한 거라는 사실. 여자가
붉은 색 보석을 지니고 있으면 상대 남자가 하는 일이 잘된다
는, 그러니까 성공한다는 속설이 있거든. 물론 믿거나 말거나
지만. 이번 여행만큼은 이 목걸이가 나의 성공을 위한 부적 역
할을 하기 바래. 여러 가지로 너한테 고맙다. 이 고마움을 갚을
기회를 기다린다.

　　우리 정말 행복하게 살자.

　　넘치게, 눈물 나도록 서로를 행복하게 해주자.

　　다녀와서 연락할게.

　　추신) 출장에서 돌아오는 너를 마중 나가겠다는 약속은 못
지키겠다.

　　미안해. 그 벌로 선물을 안 준다면 달게 받을게.

　　그래도 내가 돌아올 땐 공항에서 날 기다려줘.

2.

지은아!

네 이름이 허공을 떠돌다 다시 내 가슴으로 돌아온다. 너는 지금 어디 있을까? 공항에서 내 이름을 부르며 달려오는 너를 보지 못했을 때만 해도, 집에 돌아와 샤워를 하고 너 없이 혼자 밥 먹고 청소할 때만 해도 아무렇지도 않았다. 그런데 잠을 자려고 누운 지금 온몸이 얼음 위에 누운 것처럼 차갑고 시리다.

아프다.

이유는 없어. 그냥 아프다는 의식이 있고 그 의식 밑에 깔린 무거운 육체가 있다. 네가 나한테 미안해할 필요는 없다. 너는 아무 잘못도 없다. 우리가 만났다는 사실이, 내 존재가 너를 온전히 지배하지 못한다는 사실이, 네 안에 나로선 정체를 알 수 없는 적들이 많다는 사실이 슬플 뿐이다. 그렇지만 나쁜 일은 아니라고 생각한다. 네가 솔직하게 네 마음을 얘기해줘서 고맙다. 우리가 조금씩 앞으로 나가고 있다는 뜻이겠지. 나를 믿고 말하기 곤란한 안 좋은 얘기를 솔직히 털어놓는다는 건 나한테 기회를 준다는 의미이니까.

여행에서 돌아온 너는 어떤 모습일까.

삼 년 전 우연히 등산로 입구에서 너를 만났을 때처럼 햇살 아래서 눈살을 찌푸린 귀여운 얼굴일까. 평화를 회복한 백지 같은 얼굴일까. 아니면 스무 살 때처럼 자신만만하고 그늘이라곤 한 점도 없는 얼굴일까. 아니면 이따금 문득 문득 어두운 그림자가 드리우는 낯선 얼굴일까. 나는 너를 누구보다 잘 알고 이해하고 보듬어주고 싶은데 왜 너의 진짜 모습을 두려워할까. 너 없는 동안 나의 이런 점을 잘 생각해봐야겠다.

사실 나는 아무래도 괜찮다. 나는 모든 순간의 네 모습을 다 사랑했다. 행복할 때도 불행할 때도 슬플 때도 좌절할 때도 깊이 환호할 때도 너는 언제나 인생을 온몸으로 사는 사람이었다. 전존재를 다 던져서 삶을 맞이하는 사람. 애인인 나로서는 힘겹고 소외감을 느낄 때도 있지만 그것이 운명이라면 어쩔 수 없다고 생각한다. 체념이 항상 나쁜 것만은 아니라는 걸 알지? 다음 단계로 나아가기 위한 발돋움인 때도 있는 거야.

요즘엔 이런 생각 거의 하지 않지만 한때는 늘 상상하곤 했었어. 사랑하는 사람이 생기면 이런 혹은 저런 일들을 함께 하고 싶다, 뭐 그런 환상 말이야. 함께 눈을 뜨고 밥을 같이 먹고 신문기사를 읽다 소리 내서 웃거나 분개하고 차를 마시며 어깨를 기대고 창밖을 내다보는 거야. 낮에는 다른 일들로 각자 바쁘지만 바쁜 틈에 전화를 걸어 잠깐이라도 목소리를 들어. 저녁에는 시장엘 다녀오고 제법 풍성한 식탁 앞에서 하루 동안 있었던 일을 얘기하고, 함께 그릇을 씻으며 엉덩이를 부딪치고 세제 거품을 얼굴에 뿌리기도 해. 일과를 마치면 각자 자기가 읽고 싶은 책을 들고 거실로 가서 음악을 들으며 책을 읽거나 생각에 잠기거나 미소를 주고받지. 어떤 날은 도망치듯 먼 곳으로 여행을 떠나기도 하고 서로의 불안에 대해 너무 예민하게 굴지 않고 적당히 눈감아주기도 하지. 그러면 얼마나 행복할까, 자주 상상했었다. 너하고는 싸움을 하더라도 달콤할 것 같아. 나는 너에게 늘 지적받곤 했던 지나치게 낭만적이고 유치한 상상들밖에 할 줄 모른다.

너랑은 서로의 맨 얼굴을 마주하고 지지고 볶는 게 잘 안 돼서 속상한 적 많았다. 네가 여행에서 돌아오면 그럴 수 있을 것 같아. 그러자, 우리. 혹시 우리가 괴물로 변해 서로를 공격하는 날이 오더라도 마침내는 서로를 끌어안을 수 있었으면 좋겠다. 서로의 사랑이 서로를 가두거나 상처 입힐 거라는 생각 제발 버려주라. 네가 살면서 문득 불안하고 화날 때가 있었다면 이런 걱정들 때문일 거야.

걱정보다는 박수와 격려 아끼지 않는 시간들로 서로의 삶을 채워주는 것, 우리 그걸 이루어보자. 시도조차 안 해보는 게 실패보다 더 나쁘다는 것, 말 안 해도 알지? 어느 날 그보다 더 큰 꿈은 없다는 걸 깨달았지만 다시 꿈꾸고 싶어. 그 꿈에 발이 걸려 넘어지고 바보가 된다 해도 보자기에 싸서 벽장에 가두어버렸던 그 꿈을 다시 꺼내려고 해.

　우리는 어디쯤 와 있을까, 생각한다. 너와 나는 몇 정거장이나 통과했을까? 이제 우리는 그 중 가장 번화한 정거장 하나를 통과하게 될 거야. 여행 잘 하고 돌아와. 공항에서 기다릴게. 네 얼굴이 어떻게 변했는지 궁금해서 도저히 앉아서 기다릴 수 없을 것 같다. 환한 얼굴이든 낯설게 바뀐 얼굴이든 다 기다려진다. 그리고 너의 선물도 기다린다. 설마 시시한 선물을 사 오지는 않겠지. 나를 오래 혼자 있게 한 큰 죄를 지었으니 말이야.

　빨리 와라!

내 발이 땅에 못 박혔어.
앉을 수도 설 수도 걸을 수도 없어.
너는 자꾸 멀어져서 가물가물해.
너를 안을 수도 잡을 수도 없어.
음식에서도 차에서도 집에서도 피가 흘러.
마음에도 못이 박혀 움직일 수가 없어.
못에 찔린 발에서 가슴에서 피가 흘러 땅을 적시고 있어.

드렁큰

갈중이 난다. 목이 타들어가는 갈증. 심장이 갈라지고 위장이 메말라 가루처럼 부서질 것 같은 갈증. 고개를 젓는다. 세차게 젓는다. 이 갈증은 헛것이다. 실체가 아니다. 참을 수 있다. 몸이 가벼이 허공에 뜬다. 앉아 있을 수가 없다. 일어나 거실을 서성인다. 부엌으로 간다. 냉장고를 열고 생수를 꺼내 마신다. 마치 불길에 휘발유를 부은 것처럼 목이 더 탄다. 무엇으로도 이 갈증을 잠재울 수 없다.

나는 식탁 의자를 붙들고 운다. 눈물이 볼을 타고 흘러내려 입술을 적신다. 짜다. 눈물이라면 갈증을 달래줄 수 있을까. 눈물은 오래 흐르지 않는다. 더 울어야 해. 더 울고 싶어. 내 눈물은 나한테 속지 않는다. 나는 다시 거실로 온다. 탁자 위의 지갑을 들고 밖으로 나간다.

바람이 가슴속으로 파고든다. 이제 살았다. 더 이상 갈증이 나를 태우지 않는다. 아파트 단지 안 슈퍼까지는 이 분도 걸리지 않는다. 소주 두 병을 샀다. 나오다 다시 돌아가 두 병을 더 샀다. 머릿속은 텅 비어 아무것도 생각할 수 없다. 생각하지 않는다. 생각할 줄 모른다. 내 걸음도 빨라진다.

"아아 지겨워. 너 술 다시 마실 거면 연락하지 마. 제발 나를 좀 버려주라, 잊어주라."

그 말이 나를 하루 붙들었다. 연락을 하고 싶었고 그래서 술을 참았다. 갈증으로 목이 타들어가지만 않았다면 계속 그렇게 할 수 있었을 것이다. 하지만 너는 너무 멀리 있고 너는 내 손을 붙잡을 수 없고 내 갈증을 알지 못한다. 집으로 돌아와 소주병의 뚜껑을 비틀어 따자마자 컵에 따르지도 않고 마셨다.

벌컥벌컥. 쿨렁쿨렁. 휴우. 아아.

그 소리들이 귀를 울렸다. 범종소리보다 크게 울렸다. 넘치게 흐르는 계곡 물소리 같다. 이 소리를 잊을 수가 없다. 한 병이 금세 바닥났다. 두 번째 병도 딴다. 이제 나를 막을 수 있는 것은 없다. 비로소 마음이 평안해진다. 싸울 필요도 없고 노력할 필요도 없다. 나는 놓여났다. 무섭지도 부끄럽지도 걱정되지도 않는다. 나는 자유다. 나는 편안하다.

소파에 드러눕는다. 좀 자고 싶다. 남은 두 병은 냉장고 안에 넣어두었다. 오래 기다리게 하지 않을 것이다. 내가 언제나 모든 사랑하는 대상을 향해 그러하듯이. 이제야 배가 고프다. 우선은 잠을 잔 뒤에 뭘 먹어야지. 밥을 많이 먹지 않는데도, 가끔은 끼니를 건너뛰는데도 계속 살이 찐다. 배도 달처럼 부풀어 올랐다. 보름달은 아니더라도 반달보다는 더 클 것이다. 아무도 괜찮다고 말해주지 않는 사람이 되었다. 걱정한다. 비난한다. 외면한다. 경멸한다. 나는 숨을 줄 모르는 사람이다. 숨길 줄도 모른다. 그래서 술이 필요하다. 두 병이 남았다. 냉장고에 잘 있다. 나는 잔다. 자고 있다.

꿈속에서 눈을 멀뚱멀뚱 뜨고 죽어가는 낙타를 보았다. 클로즈업된 낙타의 얼굴. 입을 벌리고 있는데 침이라곤 하나도 없이 말라서 혓바닥이 갈라져 있다. 눈곱이 낀 눈을 껌벅거린다. 이곳에 낙타 말고는 아무것도 없다. 풀 한포기, 바람 한 점, 구경꾼조차 없다. 낙타는 곧 죽을 것이다. 낙타의 눈은 거의 감겨 있다. 동시에 내 눈은 떠졌다. 꿈이어서 다행이다. 목이 마르다. 꿈에 본 낙타만큼 목이 타들어간다. 아아. 짧은 비명을 뱉어냈다. 무슨 뜻인가. 길고 긴 싸움의 시작을 알리는 갈증이다. 누군가 귀에 대고 노래를 부른다.

내 발이 땅에 못 박혔어.
앉을 수도 설 수도 걸을 수도 없어.
너는 자꾸 멀어져서 가물가물해.
너를 안을 수도 잡을 수도 없어.
음식에서도 차에서도 집에서도 피가 흘러.
마음에도 못이 박혀 움직일 수가 없어.
못에 찔린 발에서 가슴에서 피가 흘러 땅을 적시고 있어.

다시 까무룩 잠이 들었다. 꿈은 옴니버스로 이어진다. 장소는 사막에서 에베레스트로 바뀌었다. 뺨을 가르는 강풍과 절벽 같은 고독이 손에 잡힐 듯 생생하다. 산악인의 이름은 라인홀트 매스너와 한스 캄머란드였다. 며칠 전 텔레비전 프로그램에서 본 그들은 똑같이 긴 수염에 때 낀 얼굴, 이마를 덮는 덥수룩한 머리를 하고 있었다. 환희의 미소를 짓는 사이사이 허탈한 웃음과 고뇌에 찬 표정을 짓기도 했다. 초오유 정상에서 두 사람은 서로 얼싸안았다. 얼음 속에서 이루어진 그 포옹은 몹시 뜨거웠다. 아무리 감격해도 그들은 울어선 안 되었다. 눈물은 곧 피부를 찢는 얼음으로 바뀔 테니까.

내가 볼 수 있는 것은 흰 눈 속의 파란색 등산복과 발목까지 오는 두꺼운 등산화, 빨간 장갑과 스틱뿐이었다. 부둥켜안은 그들의 표정은 볼 수 없었다. 그러나 나는 그들이 울고 있다고 생각했다. 울기를 바랐다. 그 울음 속에 나를 내려놓고 싶었다. 빙벽 위에서 두 사람은 서로의 심장박동을 나누고 피를 주고받은 한 사람처럼 보였다. 최소한 그들의 영혼은 그렇게 명령했을 거라고 믿는다. 내 눈은 그들을 둘러싸고 있는 유일한 배경인 하얀 만년설에 멎었다. 인간이 그곳에 도달했다는 유일한 증거인 눈 위에 새겨진 발자국은 몇 시간 후면 지워져 버린다. 바람과 눈이 발자국을 덮어버리기 때문이다. 마치 어느 누구도 정상에 선 적이 없다는 듯이 산은 빠르게 원래의 모습으로 돌아간다.

확신에 찬 인간들이 부럽다. 확신을 실행에 옮기는 인간이 아프게 부럽다. 나약한 나를 일깨우는 장면 속에서 나는 눈물 맛이 나는 술을 마신다. 언제나 이번 술이 마지막이기를 바라지만, 솔직히 고백하자면 그 바람은 진실이 아니었다. 언제나 이제 그만 마시겠다고 다짐하지만, 그 다짐은 나조차 믿지 않는 헛된 다짐이었다. 나는 마시고 싶다. 마시는 걸 멈출 수 없다. 술병을 끌어안고 잠든 나를 발로 밀치며 너는 가방을 싸서 나갔다. 나는 술병을 한 손으로 움켜쥐고 너를 붙잡았다.

"이번이 몇 번째야? 더는 안 속아."

너는 내 손을 뿌리치고 돌아섰다. 네 얼굴과 뺨에는 내 손톱 자국이 길게 나 있다. 그게 몇 번째 상처였는지조차 기억나지 않았다. 나는 네 이름을 불렀다. 내 입에서 삭은 술 냄새가 났다. 나는 입을 닫았다. 내 입에서 나오는 말들은 더 이상 사람의 말이 아니다. 이 세상의 말이 아니다. 나는 완전히 버림받았다. 나는 세상을 완전히 버렸다. 이제 그만! 제발 그만! 진심으로 그만두고 싶다. 그만두고 싶은 것이 무엇인지 생각할 힘이 필요하다.

나는 나약한 인간이므로 스스로 이 게임을 그만둘 힘이 없다. 이 술이 도와줄 거다. 술은 나를 버리지 않았다. 내가 마신

만큼 나를 취하게 했고 내가 마신 만큼 나를 망가뜨렸다. 이제 청춘을 함께 한 술에게 마지막 우정을 구걸한다.

"나를 빨리 보내다오. 내 살과 내장과 핏줄, 실핏줄까지 속속들이 스며들어 나를 완전히 끝장내다오. 내가 할 수 없는 일을 네가 대신 해다오. 제발. 어서 빨리."

잠인지 꿈인지 생시인지 알 수 없는 상태에서 일어나 나는 지갑을 뒤진다. 조금이라도 정신이 있을 때 더 많은 술을 사다 놔야 한다. 외출할 수 없을 만큼 몸이 나빠져서 술을 사지 못하게 될지도 모르니 미리미리 준비해둬야지. 내 몸에서 오랫동안 잊어버렸던, 잃어버렸던 활기가 되살아난다. 지갑에 들어 있는 돈으로 살 수 있는 술의 양을 계산하는 동안 내 머리는 소주처럼 투명하다. 나는 잠시 이 세상으로 귀환한다.

아파트 베란다에서 정원을 내려다본다. 벌써 밤이다. 사람들이 개미보다 작아 보인다. 여긴 너무 높아. 내가 새도 아니고 왜 이렇게 높은 곳에서 살고 있지? 나는 웃는다. 소리가 나지 않는 웃음이다. 아파트 상가 슈퍼에서 고등학생 둘이 음료수 냉장고를 열고 있다. 저 슈퍼의 여주인은 나와 눈을 마주치지 않는다. 내가 술병을 계산대에 올려놓으면 금액을 알려준 뒤 비닐봉지를 꺼낸다. 나는 돈을 내고 봉지를 건네받는다. 계산을 마치고 돌아서다가 그녀의 신경질적인 목소리를 들은 적이 있다. 어휴, 이 술 냄새. 나는 걸음을 빨리 해서 후다닥 집으로 들어왔다. 오늘은 참자. 남은 두 병의 술로 어떻게든 버티고 술은 내일 사러 가야겠다. 얼마쯤 마시면 제대로 무뎌지고 멍청해지고 완벽한 바보가 되는 걸까. 아무것도 느끼지 않으려면 얼마를 마셔야 할까.

거실 소파에 앉아 내가 오래 사용했던 물건들을 둘러본다. 울린 지 오래된 전화, 신은 지 오래된 하이힐, 출근할 때 들었던 가방, 네가 이 년 전 봄에 사주었던 진홍색 스웨터. 저것들을 다시 사용할 날들이 있을까. 지금은 그것이 가장 슬프다. 내가 잃은 것들은 기억조차 희미하지만 아직 남아 있는 것들. 다시 써주기를 기다리는 물건들이 내 삶의 마지막 친구들이다. 그것들은 나를 붙잡을 수 없다. 말릴 수도 없다. 아, 그렇구나. 그래서 여태 여기 남아 있었구나. 나를 바꾸려 했다면 벌써 관계가 끝났을 것이다.

배가 고픈데 요리를 할 수가 없다. 먹고 싶은 게 있으면 배달을 시켜야 한다. 이 집에는 칼도 가위도 하다못해 포크도 없다. 아침에 일어났을 때 집 안이 거꾸로 들었다 내려놓은 것처럼 쑥대밭이 된 적이 있었다. 어떤 물건도 제자리에 있지 않았고 엉망으로 부서져 있었다. 밤새 내가 무얼 한 거지. 내 옷은 피투성이였고 네 어깨와 팔에도 여기저기 상처가 나 있었다. 그날 너는 모든 날카로운 물건을 집에서 치웠다. 그날도 내가 제일 먼저 한 일은 방바닥의 유리를 밟고 걸어가 냉장고를 열고 술병을 찾은 것이다. 없었다. 다 마셨거나 네가 내다버렸을 것이다. 나는 풀죽은 얼굴로 식탁 의자에 앉았다. 눈앞이 정말 백지처럼 하얗게 휘발된 느낌이었다. 머릿속도 마찬가지였다. 그 전쟁을 치르고도 아직 끝이 나지 않았다니. 생의 지독한 생명력에 나는 진저리를 쳤다. 나는 너를 돌아보았다. 피식 웃었다. 왜 이렇게 사는 것이 웃기냐. 나는 그때 너의 눈 속에서 살의를 보았다.

발이 땅에 닿지 않는 날이 있다. 손이 허공을 휘젓는 날이 있다. 방바닥에 떨어진 머리핀을 주울 힘도 없고 물 컵을 가지러 갈 힘도 없다. 그 많던 힘들은 다 어디로 사라진 걸까. 힘을 내야지. 손바닥에 힘이 조금씩 고인다. 그 손바닥을 디디고 일어선다. 뭔가를 잃어버렸다. 아주 큰 것을. 무엇일까? 소리도 없이 인사도 없이 사라진 그것은? 답은 찾지 못했다. 나는 많이 속았고 많이 기다렸다. 요행이 일어난 적도 있다. 하지만 잠시였다. 다시는 무얼 해야 할지 몰라 쩔쩔매지 않을 것이다. 담담히, 조용히, 가만히 바라만 볼 것이다.

나는 일어나 내가 원하는 대로 담담히 냉장고로 걸어가 남은 술의 절반에 해당하는 한 병을 꺼낸다. 차가운 술병의 목을 오른손으로 잡고 가만히 서 있다. 창밖에는 어둠 말고는 아무것도 없다. 유리창에 비친 내 모습밖에 안 보인다. 먼 불빛, 남의 집 베란다에서 슬금슬금 밖으로 나오고 있는 저 빛이 나를 보고 있다. 술병의 마개를 비튼다. 술병 속에 갇혀 있던 알코올이 밖으로 나오며 진한 냄새를 풍긴다. 이 매혹을 내가 어찌 견딜 수 있으랴. 첫맛은 쓰고 뒷맛은 달콤한 너의 맛을 영원히 잊지 않으마. 혼자 내버려두지 않으마. 투명한 액체는 목을 타고 내려가 식도를 적시고 위를 적시고 기억을 적신다. 그 순간 모든 것이 잠잠해진다. 고요하다.

따뜻한 손

"여자 손이 어쩜 그렇게 차가워요?"

"남자 손이 어쩜 그렇게 따뜻해요?"

우리는 둘 다 처음으로 깔깔 소리를 내며 웃었다

"나는 손이 차가운 걸 잘 못 참아요. 어떻게 해서든지 따뜻하게 만들죠."

"그건 저도 마찬가진데 어떻게 해도 따뜻해지지 않던데요."

내가 세상에 태어나서 본 가장 못생긴 손이었다. 거무튀튀하고 굵은 손마디가 튀어나온 데다 손가락은 짧고 뭉뚝했다. 거기다 마치 꽉 짠 빨래처럼 손등과 손바닥에 고르게 주름살이 덮여 있었다.

말을 할 때 그 손을 쉬지 않고 움직였다. 손의 움직임에 따라 말의 속도를 조절하는 건지 말의 속도에 따라 손을 움직이는 건지 모르겠다. 그에게는 손이 말의 보조도구요, 메트로놈이었다. 나는 그의 손 매무새를 흥미롭게 주의 깊게 쳐다보았다. 대학교 광고에나 나올 법한 단정하고 평범한 얼굴인지라 내 눈은 얼굴 대신 손에 자주 머물렀다.

인상적이지 않은 건 얼굴뿐만이 아니었다. 대화도 거의 기억에 남지 않을 내용이었다. 나는 한 번, 그리고 두 번 하품을 했다. 눈에 눈물이 약간 맺힐 만큼 큰 하품이었다. 그렇다고 내가 무례를 일삼는 둔감한 사람은 아니다. 나도 모르게 하품이 나왔다. 하품을 할 정도로 지루한 건 아니었기 때문에 미안했지만 그 말을 하면 그를 더 모욕하는 일이 될 것 같아 아무 말도 하지 않았다.

"이만 일어날까요?"

나는 무안한듯 손으로 입을 가렸고 그는 한쪽 눈을 찡긋했다.

"벌써 시간이 이렇게 됐나?"

나는 시계를 보며 무안함을 얼버무렸다. 그는 자리에서 일어나 밖으로 나가려다 내가 앉았던 의자를 자연스럽게 정리했다. 찻집 밖에 나와서는 둘 다 문 앞에서 걸음을 멈추었다. 이 순간이 항상 문제였다. 맞선을 보고 찻집에서 차를 마시고 일어났을 때. 과연 어디로 갈 것인가. 미리 의논을 하거나 의사를 묻는 경우도 있지만 지금처럼 끝마무리가 확실치 않은 대화를 나누다 일어섰을 때는 어떻게 처신해야 할지 애매하다. 어디로 가자고 할 수도 그냥 집에 가겠다고 할 수도 없다. 주뼛주뼛 그의 처분을 기다리고 따라가기도 어색했다.

이 순간만 아니면 맞선 보는 걸 싫어할 이유가 없다. 선남선녀끼리 맛있는 것 먹으며 세상 사는 얘기도 하고, 서로 적당히 탐색하면서 약도 올리고 칭찬도 해주면서 하루 논다고 생각하면 그만이다. 그 단순한 일이 실제로는 엄청 어렵다는 게 문제다. 엄마의 절친이면서 어릴 때부터 나한테 장난감이랑 인형을 많이 사준 영애 아줌마가 주선한 자리만 아니었다면 오늘 나는 여기 나오지 않았을 거다. 엄마는 왜 그렇게 친구가 많고 그 친구들은 왜 그렇게 하나같이 나를 시집 못 보내서 안달일까.

밖은 오후 세 시인데도 어두컴컴했다. 하늘은 곧 눈이 올 것 같은 표정이다. 그는 고개를 양쪽으로 돌려 길을 가늠하고 있었다. 오른쪽으로 조금 걸어가면 전철역이고 왼쪽으로 가면 먹자골목이 있는 로데오였다. 나는 일단 그의 의견을 따르기로 마음먹었다. 선을 많이 보다 보면 어느 순간 이런 때가 온다. 어차피 하루 시간을 할애해서 나왔으니 그냥 재밌게 놀다 들어가자. 물론 상대가 아주 싫지 않을 경우에 한해서지만.

"오뎅에 정종 어때요?"

그가 종이비행기를 날리듯 가벼운 투로 물었다. 거절해도 상처 받지 않도록. 그는 선을 많이 본 사람이다. 정종은 내가 좋아하는 술은 아니지만 이런 날씨에 나쁜 선택 같지 않았다.

"좋아요."

그때 내 머릿속에 숫자가 떠올랐다.

'칠십.'

그의 점수였다. 현재까지의 그의 점수는 칠십 점이었다. 갖기는 싫고 버리기는 아까운, 딱 그 점수였다. 그렇다고 남아 있는 시간에 대해 희망을 걸 만큼 뭔가 있어 보이지도 않았다.

로데오 방향으로 몇 걸음 걷다가 그가 불쑥 내 손을 잡았다.

"가방 들어줘도 되죠?"

그는 내 손에서 핸드백을 빼서 자기가 들고 걸었다. 스스럼 없는 동작이었다. 의외로 매너가 좋은 사람일지도 모른다는 생각이 재빨리 지나갔다. 게다가 놀라운 손이었다. 난로 연통을 오래 만지고 있었던 것처럼 손이 따뜻하다 못해 뜨거웠다.

"여자 손이 어쩜 그렇게 차가워요?"

"남자 손이 어쩜 그렇게 따뜻해요?"

우리는 둘 다 처음으로 깔깔 소리를 내며 웃었다

"나는 손이 차가운 걸 잘 못 참아요. 어떻게 해서든지 따뜻하게 만들죠."

"그건 저도 마찬가진데 어떻게 해도 따뜻해지지 않던데요."

그는 내 귀 가까이에 손을 대고 은밀한 목소리로 말했다.

"다 비법이 있습니다."

'이 세상에 비법 같은 건 없어.'

괜한 실없는 소리 말라는 듯 나는 별다른 반응을 보이지 않았다.

"하긴 비법이라기엔 너무 간단하다, 하하."

나는 그를 돌아보았다.

"계속 생각하는 거예요. 생각하면서 주문을 외워요. 따뜻해져라, 따뜻해져라, 아주 아주 따뜻해져라."

나는 풋풋 웃었다. 귀여운 구석이 있는 남자다. 칠십오 점. 그 사이 오 점이 올랐다.

"물론 단서조항이 있죠. 반드시 옆에 미인이 있어야 해요."

에잇, 인심 쓴다. 팔십 점.

"그래서 저는 안 되는 거군요. 옆에 미인이 없어서."

그는 내 손을 슬그머니 잡았다. 역시 정말 따뜻한 손이었다. 주문이 효과가 있긴 있나. 나까지 엉뚱한 상상을 하게 되었다.

"사실 내가 진짜 참지 못하는 건 내 손이 차가워지는 게 아니라 여자의 차가운 손을 그냥 내버려두는 겁니다."

그는 코를 찡긋하며 웃는다. 팔십오 점. 이 정도의 센스라면 거짓말이라도 상관없다. 기분 좋게 오 점을 더 준다.

정종을 파는 퓨전바는 거리에 넘쳐났다. 그는 술집을 기웃거리다 간판과 내 얼굴을 번갈아가면서 쳐다보았다. 내가 고개를 저을 때마다 잡은 손을 흔들며, 아무래도 그렇죠? 저 집 나도 별로다, 하고 다시 계속 앞으로 걸어갔다.

"저기 어때요?"

내가 대나무로 장식한 일본식 술집 간판을 가리켰을 때 그가 나란히 잡은 손을 허공에다 흔들며 흔쾌히 동의했다.

"굿입니다요."

구십 점. 이 정도로 자연스러운 스킨십은 쉽게 만나기 어렵다. 나머지 십 점은 정종을 마시면서 생각해볼 일이다. 아니다. 구십 점이면 충분하다. 구십 점이 백 점인 거라고 나의 멘토인 아버지가 항상 말씀하셨다.

"눈 왔으면 좋겠다!"

그는 술집 앞에서 하늘을 한번 올려본 다음 간절히 기원하는 목소리로 말했다.

"술맛 나게?"

맞장구라면 나도 좀 칠 줄 안다.

"하하하. 바로 그겁니다."

아무래도 구십 점이 백 점이라는 아버지 말씀은 맞는 것 같다.

그들은 지금 자신들의 방을 갖게 되었으니 절대로 실패하
고 싶지 않았다. 실패할 리가 없었다. 그는 그녀를 다시
들어서 침대 위에 올려놓았다. 여자는 떨고 있었다. 그는
에어컨을 끄고 그녀를 안아서 눕히고 이불을 덮어주었다.

그들만의
방

차가운 방바닥을 디디고 섰을 때 여자의 눈에 들어온 것은 남자의 발이었다. 뼈와 살과 피부로 이루어진 신체의 한 부위로 몸 전체를 받쳐주며 몸의 이동을 책임지는 지지대, 두 발. 발레리나 강수진이나 축구선수 박지성의 발을 본 적이 있다. 그들의 발은 변형되어 있었다. 갈라진 살갗뿐만 아니라 뼈도 불거지고 살도 거의 없었다. 발만 따로 놓고 본다면 너무도 기괴해서 몹시 험악한 인생을 살아온 늙은이의 발이라고 생각할 정도였다.

남자의 발을 보자마자 여자는 처음에는 뼈 모양을 보고 박지성의 발을, 수없이 많은 상처를 보고는 강수진의 발을 떠올렸다. 그의 발이 어떻게 생겼을 거라고 상상했던 걸까. 옷을 벗지 않고는 여자가 남자의 발을 볼 기회는 좀처럼 오지 않는다. 남자가 여름에 샌들을 즐겨 신지 않는다면 말이다.

엄지발톱은 어디에 찧었는지 죽은피가 고여 있었고 발톱도 제대로 된 게 없었다. 극도로 건조한 피부에다 각질이 생겨 벗겨진 부분은 흉측했다. 얌전하고 가지런한 손 모양이나 손동작과는 사뭇 대조를 이루는 발 생김새였다. 매끈한 피부의 얼굴과도 동떨어진 모양이었다.

그가 그 발로 걸어서 여자 쪽으로 다가왔다. 그녀의 허리를 두 손으로 잡아서 들어 올려 그녀를 자신의 발등에 올려놓았

130
131

다. 그리고 몸을 굽혀 허리를 끌어안았다. 그녀의 발바닥에 그의 발등과 발가락뼈의 울퉁불퉁한 촉감이 감지되었다.

그들만의 방이다. 이곳은 방이고 다른 사람은 없고 두 사람뿐이다. 무엇을 해도 된다. 방이니까. 막힌 공간이니까. 그들이 그토록 오래 갖고자 했던 것. 일 년 하고도 몇 달이 더 걸려 그들에게 방이 생겼다.

"이제는 아무 소원도 없어요."

여자가 말했다.

"다른 소원을 또 생각해봐."

여자의 감격에 두 배로 감동한 남자는 이번에는 집을 사자고 말할 뻔했다. 그의 진심은 집을 사는 데 일생을 바치고 싶지 않다는 것이었다. 하지만 무엇을 소유하는 건 멋진 일이라고 충동적으로 떠벌릴 뻔했다.

여자는 남자가 이 방을 구하기 위해 백방으로 뛰어다녔을 것이고 고된 노동을 했을 것이고 그런 결과 발이 저토록 망가졌을 거라고 생각했다. 밑도 끝도 없는 생각임을 안다. 그녀 또한 일 년 동안 내핍생활을 해가면서 돈을 보탰다. 그런 생활이 고달프고 힘겹고 짜증이 나서 어느 순간 방을 구하자는 계획을 수정하자고 말하고 싶은 걸 참았다.

그동안도 그들은 몇 번 안은 적이 있었다. 어두컴컴한 방에서 허둥지둥 서둘렀고 급하게 해치웠기 때문에 서로의 몸을 샅샅이 살필 겨를이 없었다. 그들의 섹스가 순조롭지 않은 것도 다분히 그 때문이었다. 지금은 아무것도 신경 쓸 필요가 없었고 하나도 바쁘지 않았다. 이제 제한시간 따윈 없었다.

여자는 자신이 디딘 남자의 딱딱한 발등에 가슴이 찍히기라도 한 듯 심장이 떨리고 아팠다. 손바닥으로 그의 등을 쓰다듬었다. 그의 앞가슴을 문지르고 키스를 했지만 그의 발등 감촉이 그녀를 놔주지 않았다. 무엇을 해도 신경은 온통 발바닥에 가 있었다. 아무 생각도 하지 말아야 한다. 그녀는 암시를 걸었다. 오직 몰아의 경지로 그의 육체에 집중해야만 절정에 오를 수 있음을 그녀는 알고 있다. 이곳에는 그녀의 육체와 그의 육체와 그녀의 감각과 그의 감각만이 존재해야 한다. 다른 것들은 그들을 외롭게 하고 힘들게 하고 슬프게 할 뿐이다. 무엇보다 욕망이 가는 길을 방해할 뿐이다.

몇 번의 경험으로 알게 되었다. 둘의 마음이 지나치게 한쪽으로 쏠려 서로를 가엾게 여기고 둘이 운명을 탓하는 순간이 오면 육체는 주눅이 들어서 자신을 주장하지 못했다. 육체가 감히 나서지 못하고 마음이 쩔쩔매는 시간이 길어질까 두려웠다. 그런 때 두 사람은 할 수 있는 게 없었고 하고 싶지도 않다는 마음을 공통으로 갖게 되어 자리에서 몸을 일으켰다.

그들은 지금 자신들의 방을 갖게 되었으니 절대로 실패하고 싶지 않았다. 실패할 리가 없었다. 그는 그녀를 다시 들어서 침대 위에 올려놓았다. 여자는 떨고 있었다. 그는 에어컨을 끄고 그녀를 안아서 눕히고 이불을 덮어주었다.

여자는 너무 오래 기다리던 일은 자신을 시험에 들게 한다는 사실을 깨달았다. 기다리는 일에 집중하느라 정작 기다리던 일의 성사가 가져올 것들에 대해서는 별로 생각을 하지 못했다. 그녀는 언제나 웃는 얼굴인 그를 이삭이라고 불렀다. 희랍어로 smile의 뜻을 가진 단어라고 했다.

"야곱의 아들, 이삭?"

남자는 웃으며 되물었다.

"몰라, 하여튼 이삭. 자기한테 정말 잘 어울리는 이름이야."

이름에 걸맞게 그는 작은 일에도 미소를 지었다. 조금 좋은 일에도 턱을 치켜들고 호탕하게 웃었다. 지금 그의 육체는 미소를 지을 수 없게 긴장해 있다. 실패를 두려워하게 된 것이다. 두려움이 생긴 존재는 초라해지는 법. 그는 어딘가 자신감이 없어 보이고 어쩔 줄 몰라 한다는 느낌마저 들었다. 마침내 원하는 것을 가졌지만 그것을 곧 잃게 될까 조바심쳤다.

"잠깐만 가만히 누워 있으면 안 될까?"

남자보다 조금 더 용감한 여자가 먼저 말했다. 남자는 고개를 끄덕이고 그녀 곁에 누웠다. 천장을 바라보았다. 둥그런 전등이 있고 흰 벽지에는 가는 줄무늬가 있었다.

"좋아?"

남자가 묻는다.

"좋아."

여자가 대답한다. 그리고 속으로 말한다.

'오랫동안, 행복했어. 이 방을 얻기까지. 저 등과 저 벽지와 저 옷장과 책상과 이 침대를 자기랑 같이 고르는 동안 얼마나 행복했었는데.'

남자는 생각한다. 이 방을 갖기까지 그녀가 곁에 있어주어서 참 좋았다고. 이제는 더 갖고 싶은 것이 없었다. 여자랑 하고 싶었던 것들을 한 가지씩 차례차례 할 생각이다. 오늘은 이상하게 열정이 생기지 않았다. 몸이 있는 대로 풀어져서 중심으로 피가 몰리지 않았다. 더 단단하게 더 크게 더 오래 그녀를 행복하게 해주고 싶다는 간절함은 마음뿐이었다. 몸은 마음을 보필하려 하지 않았다. 여자가 그의 중심을 툭 건드렸다. 여전히 자라나지 않았다.

우리가 늙은 걸까?

너무 힘을 뺀 걸까?

사실 방 따윈 아무래도 좋은데. 여자는 자신이 갖고 싶어 했던 것이 정말 이 방이었는지 알 수 없다는 생각이 들었다. 하루 하루가 평범하게 흘러갔었다. 아무 일도 없었고 나쁜 일은 더욱 없었다. 지금 그녀가 겪는 것은 이변이었다. 뭘까? 왜 짐작하지 못했던 일들이 생기는 걸까. 인간을 부추기는 것은 기적과도 같은 작은 기쁨들이다. 인간을 주눅 들게 하는 것은 그 사이로 들이닥치는 의외성, 이변들이다. 조금만 더 기다리면 괜찮아질까. 여자는 눈을 감았다. 남자는 여자 쪽으로 돌아누워 그녀의 어깨에 입을 맞추었다. 그녀는 서로의 어깨에 키스하다가 깨무는 걸 좋아했다. 그 동작을 신호로 흥분 속으로 빠져들곤 했다. 지금은 감은 눈을 뜨지 않고 손가락으로 그의 앞머리를 매만질 뿐이다.

"좀 잘까?"

누가 먼저랄 것도 없이 둘의 입에서 동시에 그 말이 튀어나왔다.

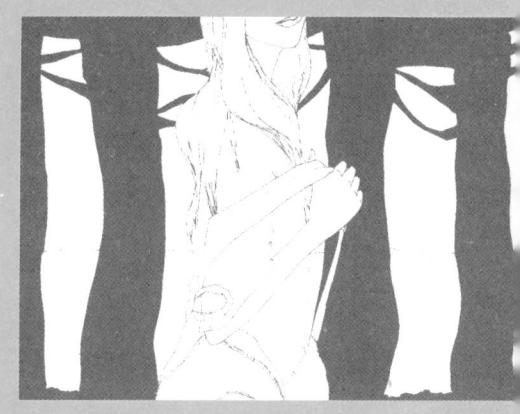

너는 나의
빛나는 세상

"그럼 빨리 따라와! 나 빨리 바다 보고 싶단 말이야!"
소년은 소녀와 같이 있기 위해 여행을 왔다. 소녀는 이 세
상과 멀어지기 위해 여행을 왔다. 그 두 생각의 거리가
바다만큼 멀지도 모르겠다고 생각하며 소년은 소녀를 따라
뛰어갔다. 소녀는 일제히 한쪽으로 휘어진 소나무 숲을 지
나 바다와 가까워지고 있었다.

"와! 바다다!"

소녀는 유리창 밖을 향해 소리쳤다. 하얗게 몸을 말아 쥔 파도가 부서져 스러지면서도 계속 멈추지 않고 해변을 향해 달려오고 있었다. 섬이 없는 동해안의 바다는 넓고 푸르렀다. 망망대해란 이런 거구나, 라고 소녀는 생각했다.

"너 정말 바다 처음 보냐?"

"그렇다니까. 애틀랜타는 바다에서 멀어. 미국에서는 바다 같은 거 갈 시간 없었어."

애틀랜타를 발음하는 소녀의 영어는 진짜 애틀랜타 식이라고 소년은 생각했다.

"고맙다."

소녀는 소년의 어깨를 툭툭 쳤다. 소년은 선반에 올려놓은 커다란 가방을 올려다보았다. 정말 이 순간은 아무 걱정도 없었다. 모든 게 완벽해! 이대로 저 바다에 빠져죽어도 좋다고 말할 수는 없지만 튜브를 들고 뛰어들 수는 있을 것 같았다.

소년이 소녀에게 가고 싶은 곳이 어디냐고 물었을 때 소녀는 '바다'라고 대답했다. 소년이 바다? 라고 되묻자, 소녀는 경포대라고 구체적인 지명을 말했다. 겨우 경포대. 소년은 속으로 실망했지만 소녀의 결연한 표정 앞에서 그렇게 말할 수는 없었다.

"한국 오면 바다에 꼭 한번 가보고 싶었어. 그래야 진짜 한국에 온 기분이 들 것 같아."

좀 더 먼 곳을 상상하던 소년은 고개를 끄덕였다. 소녀는 자신이 소년의 기대를 채우지 못했음을 알고 고개를 약간 숙이고 말했다.

"내가 거기서 태어났어. 아니, 거기가 내가 생긴 곳이래. 바다, 바다 말이야. 학생이었던 엄마랑 아빠랑 경포대에 놀러갔다가 나를 만들었거든. 스물한 살 때였대. 유 노우 바캉스 베이비? 내가 우리 부모를 닮아서 조숙한가 봐."

소년은 소녀 엄마의 젊은 얼굴을 떠올렸다. 그 후 소녀가 네 살 되던 해, 가족 모두 미국으로 유학을 갔다가 작년에 돌아왔다.

고속버스가 강릉터미널에 서자 소녀는 큰 가방을 메고 앞장서서 버스에서 내렸다. 터미널 주변을 탐색하는 소녀의 눈은 긴장과 흥분과 약간의 충격으로 불안스레 움직였다. 곧 숨길수 없는 모험에 대한 기대가 그 모든 감정을 압도했다. 소년은 초가을 금요일의 터미널이 한산하다는 사실에 놀랐다.

이전에 식구들이랑 왔을 때는 주로 여름 피서 기간이었다. 자동차가 도로를 주차장처럼 뒤덮었다. 열 시간 넘게 도로에서 꼼짝할 수 없었던 건 예고편에 불과하고 어딜 가나 사람들로 꽉꽉 채워져 있었다. 피서객들은 강릉 바닷가에 다녀오라는 숙제를 받은 학생들 같았다. 그들의 눈빛은 열기로 들떠 있었지만 숙제를 하는 사람의 짜증과 무료함, 그리고 의무감도 만만치 않게 담고 있었다.

터미널 앞 버스 정류장에서 경포대행 시내버스 번호를 확인하고 편의점에서 콜라를 샀다. 정류장에서 버스를 기다리는 사람은 몇몇의 여행객을 빼면 대부분 노인들이었다. 소년의 엄마 고향이기도 한 강릉은 그에게 별로 새로울 것이 없는 곳이었다. 이제 아는 사람 하나 없는 고향인데도 엄마는 걸핏하면 경포대에 놀러가자고 했다.

"나 바다 냄새 맡고 싶단 말이야."

그 말 한마디로 식구들을 설복시켰다. 바닷가를 조금 거닐다 초당순두부를 사 먹었으며 건어물과 해초 나물을 샀다. 남쪽의 평화로운 지평선을 보고 자란 아빠는 매섭고 변덕스러운 바닷가 날씨를 싫어해서 늘 마지못해 따라나섰다.

"또 경포대야? 먹을 것도 없는 덴 가서 뭘 해. 생선이나 회 쳐 먹을 줄 알지 어디 제대로 음식 맛을 낼 줄 알아야지. 이번이 마지막이다. 다음엔 남쪽으로 가는 거야!"

전라도 곡창지대에서 태어난 아빠가 보기에 강원도 사람들이 먹는 음식은 음식이라고 부를 수 없었다. 여행 내내 맛없는 음식을 타박했다. 엄마는 가능한 한 대꾸를 삼가고 자기가 하고 싶은 일을 하는 데 신경을 집중했다. 어떻게 보면 엄마와 아빠의 금슬이 좋은 건 바로 그 대응방식 덕분일지도 모른다. 너는 너, 나는 나. 적당히 눈감아줄 줄 안다.

버스에 올라 이 동네 사람들과 동석한 소녀의 눈은 내내 밖을 향해 있었다. 소년은 풍경 따위는 아무 관심도 없었다. 오로지 소녀에게만 눈이 갔다. 경포대까지 가는 동안 내다본 바깥 풍경은 말 그대로 시골 풍경이었다.

여행은 늘 갑작스럽게 떠나게 된다. 그렇게 하지 않으면 여행의 제 맛이 안 난다는 듯이. 구체적인 열망의 대상, 인생을 걸 이유, 어떤 것도 무릅쓸 용기는 생각보다 쉽게 생겼다. 소녀는 소위 '귀국학생'으로 분류돼 학교에서 특별 관리를 받았다. 말이 관리지 감독과 감시였다. 그보다 더 심하면 심했지 덜하지는 않았다. 일주일에 한 번씩 상담을 받았으며 국어수업은 방과 후에 따로 보충을 했다. 그래도 선생들은 무슨 문제만 생기면 그들을 걸고 넘어졌다.

"하여간 귀국학생들이 문제야. 돌아올 걸 가긴 뭐 하러 갔누? 어휴, 골치 아파. 안 그래도 이것저것 힘들어 죽겠는데 무슨 생고생인지. 귀국유학생들만 학교 하나 만들어서 따로 가르쳐야 하는 거 아냐?"

그날도 소녀는 자신의 가방을 뒤지는 담임한테 대들었다가 뺨을 맞았다. 소녀는 뭐라고 항변하려 했지만 담임은 막무가내였다. 소녀의 말을 더 들어봤자 자신에게 불리한 얘기만 나올 테니까. 담임은 너 마침 잘 걸렸다는 듯이 다짜고짜 소녀의 등을 때리고 어깨를 밀쳤다.

"니가 뭐야? 뭔데 까불어. 여기 미국 아니야. 미국이 그렇게 좋으면 돌아가든가."

담임은 그래도 분이 안 풀리는지 뺨을 다시 한 대 세게 후려쳤다. 소녀의 코인지 입술인지에서 피가 흘렀다.

"퍽큐!"

피를 본 소녀의 입에서 반사적으로 욕이 튀어나왔다. 이성을 잃은 담임은 주먹으로 소녀의 머리를 마구 때렸다. 소녀는 양손으로 담임의 가슴팍을 확 밀쳐냈다. 그러고 나서 곧바로 가방을 들고 교실을 나가버렸다. 그날 저녁 소년은 야자를 땡땡이치고 소녀를 찾아갔다. 그들은 학교 얘기는 한마디도 하지 않았다.

"이제 뭐 할 거야?"

소년의 물음에 소녀는 여행을 갈 거라고 했다. 그 말은 가출을 하겠다는 뜻의 소녀식 표현이었다. 어디로 갈 거냐는 물음에 소녀는 바다에 가고 싶다고 했다. 그 일이라면 자신 있다고 소년은 생각했다. 소녀가 자신에게 그걸 보여줄 기회를 주었다는 사실만 기뻤다. 다행이었다. 해마다 엄마 성화에 못 이겨 몇 번씩이나 가는 곳이 바다 아닌가. 둘은 다음 날 새벽에 전철역 입구에서 만나기로 약속했다. 이 모두가 하루 사이에 일어난 일이었다.

"난 겁나지 않아. 나 혼자 살 수 있는 방법을 찾아볼 거야. 하나도 안 무서워."

소녀는 결연히, 결연할 수밖에 없다는 얼굴로 결심을 소년에게가 아니라 스스로에게 각인시켰다. 소년은 자신보다 세 살은 많아 보이는 소녀에게 약한 모습을 보일 순 없다고 주먹을 불끈 쥐었다. 소녀를 흉내 내서 겁나지 않는다고, 하나도 안 무섭다고도 속으로 외쳤다.

"지금쯤 난리가 났겠지? 너 전화기 꺼놓은 거 확실하지?"

소녀는 태평하게 말했다. 돌아가면. 소년은 한숨을 쉬었다. 엄마한테 무슨 애가 자꾸 한숨을 쉬냐고 혼나도 고치지 못했다. 소년은 할 수 없는 게 너무 많았다. 할 수 있는 게 별로 없었다. 그 낭패감으로 얼굴이 창백해질 때면 저절로 한숨이 나왔다. 이번 여행 동안은 절대 한숨을 쉬지 말자고 다짐한다. 그리고 결심한다. 돌아가면, 으로 시작하는 어떤 문장도 만들지 않으리라. 소녀의 아빠와 엄마가 갔던 바다가 어디였을까? 소년은 갑자기 궁금한 게 많아졌고 경포대가 가까워질수록 자신이 어른이 된 것 같은 기분이 들었다.

'뭐든 다 할 수 있어. 난 진짜 남자니까. 할 수 있어! 할 수 있어! 아자 아자!!'

소년은 계속 주문을 외웠다. 소녀는 눈알이 튀어나올까 걱정될 정도로 창밖을 뚫어져라 쳐다보았다. 마치 어린 시절의 자신이 거기 어디에 있기라도 한 것처럼. 엄마와 아빠가 기다리기라도 하는 것처럼. 그건 아닐 것이다. 소녀는 자신을 아는 사람이 아무도 없는 곳을 찾아가는 거다. 소년이 정말 외로울 때 그러하듯이. 소년에게는 지금 소녀와 가장 가까운 사람도, 도와줄 사람도 자신뿐이라는 사실만이 중요했다. 그때 소녀가 소년의 손을 잡았다. 소년이 고개를 들자 소녀가 이마를 그의 어깨에 기댔다. 소년은 눈을 감았다. 그 옛날에 이곳을 여행했다는 소녀의 엄마와 아빠를 상상했다. 어쩐지 마음이 가벼워졌다. 괜찮아. 괜찮아. 심장이 쿵쿵 소리를 내면서 그렇게 말해주었다.

'나 혹시 병에 걸린 게 아닐까.'

소년은 하루에도 몇 번씩 혼자 그 말을 중얼거렸다. 몸에 뜨거운 바람이 들어간 것처럼 엉덩이를 의자에 붙이고 앉아 있을 수가 없었다. 좀 전에 소녀를 보았고 지금은 가고 없는데 자꾸 뒤를 돌아본다. 말을 건 적도 있고 그냥 바라보기만 한 적도 있었지만 공통되게 소년은 자기가 하고 싶은 말은 한 마디도 하지 못했다. 하교 후에는 자꾸 전화가 걸고 싶어졌다. 막상 걸지는 못 한다. 마치 소녀가 목에 걸린 것처럼 가슴이 답답하고 불편하고 욱신거렸다. 가슴이 아무 때나 제멋대로 뛴다. 마구 정신없이 뒤죽박죽. 아무데서나 자꾸 두리번거리며 소녀를 찾는다. 소녀가 옆에 없으면, 아니 눈에 안 보이면 아무것도 할 수가 없다.

"영우야!"

"엉?"

"너 뭐가 되고 싶니?"

"회사원."

"아하."

"왜?"

"그냥 궁금해서. 영우 니가 지금 그 모습이 아니라면 어떨지 상상이 안 돼서."

버스 안에서 나눈 대화를 생각한다. 소녀는 분명 실망한 표정이었다.

'나는 그 애가 원하는 대답을 하지 못한 거다. 사실인데…….

드라마에 나오는 남자들처럼 아침이면 비싼 양복을 차려입고 큰 건물로 출근을 해서 같은 회사 여직원이랑 연애도 하고 프로젝트도 완성하고 승진도 하면서 멋있게 살고 싶어. 아버지처럼 가게에 오는 동네사람들이 만나는 사람의 전부인 인생은 살지 않을 거야. 그럼 회사원 말고 무어라고 말했어야 했지. 그것 말고 다른 인생은 생각해본 적이 없는데.'

소년은 갑자기 바보가 된 기분이었다.

"다음에 또 바다에 가고 싶으면 그땐 서해안에 가자. 동해안에는 섬이 없어서 멋없어."

소녀는 눈을 동그랗게 뜨고 소년을 돌아보았다. 그것이 놀라움의 표시인지 당황의 표시인지 소년은 알 수 없었다.

"바다가 달라?"

"그러엄."

소년은 모처럼 의기양양한 표정으로 말했다.

"지리 시간에 배웠잖아. 서해안은 리아시스식 해안이라 갯벌이 있고 섬이 바다에 떠 있어. 완전히 다르지, 여기랑은."

"하하."

"왜?"

"너 공부 못하지 않냐? 니가 그렇게 교과서 얘기 하니까 안 어울린다."

소년은 얼굴이 발갛게 달아올랐지만 여기서 주춤거리면 더 스타일이 살지 않는다는 것 정도는 알았다.

"아무리 공부를 못해도 그건 안다. 나 과탐에 강하잖아. 특히 지리와 생물."

"알았다, 알았어. 내가 너한테 그런 말 할 주제도 아니다."

"어떤 시인이 그랬다더라. 섬이 '서다'의 명사형이라고. 우리 엄마가 시인 지망생이거든. 바다에 뿌리를 내리고 서 있어서 태풍이 지나가도 해일이 훑고 가도 섬은 꿈쩍도 안 하는 거래. 나도 그 생각에 한 표!"

해저에 뿌리를 박은 섬. 그 말을 들은 뒤로 소년은 섬이 마치 거대한 식물처럼 느껴졌다. 그 뿌리는 어디로 뻗어 있을까? 조개나 굴이나 미역 같은 건 섬이라는 식물의 열매 아닐까? 해저에 혹시 해초만 먹는 외계인이 살고 있는 건 아닐까? 소년은 엄마를 닮아 상상력이 풍부했다.

"우리 엄마 진짜 웃겨. 시인도 아니고 시인이 되는 게 꿈인데 입만 열면 시 얘기밖에 안 해. 매일 그렇게 열심히 시를 쓰면서 어떻게 해마다 응모에서 떨어지냐. 우리 식구들은 이제 기대도 안 한다. 매년 똑같은 우리 엄마의 변명이 뭔 줄 알아? 꿈을 이루는 것도 중요하지만 꿈을 갖고 사는 사람도 그만큼 위대한 거래."

"넌 언어도 잘하겠구나. 엄마가 시인이면. 아니 지망생이면. 난 영어 말고는 다 바닥이야. 나 우리 반 꼴찐 거 알지?"

"책은 좀 읽는 편이지만 그렇다고 언어를 잘하는 건 아니고. 시험은 나랑 안 맞아. 엄마가 그러더라. 넌 시험이랑 싸웠니? 왜 이렇게 사이가 안 좋아. 푸하하."

"공부 못하는 애가 자기를 그렇게 멋있게 둘러대는 말 첨 들어본다."

"왜 자꾸 못한다고 그래? 나 그렇게 못하진 않아. 쪼끔, 아주 쪼끔 못하는 편이지."

그 말은 사실이었다. 소년은 초등학교 때부터 일관되게 중위권이었다. 공부를 게을리 한 적은 없었다. 고등학교에 들어와서부터 애들이 미친 듯이 학원을 다니고 문제집을 푸는 바람에 가만히 있어도 성적이 아래로 내려갔다. 그러니까 세상이 문제지 내 잘못은 아닌 거라고 소년은 항상 주장했다. 그게 집에서는 대충 먹혀도 밖에서는 아무도 믿어주지 않았다.

경포대 바닷가가 보였다. 그 앞에 빽빽하게 늘어선 소나무를 보면서 소년은 심호흡을 했다. 이제부터 진짜 여행이 시작되는 거다, 잘하자! 오늘과 내일에 대해 소년이 제대로 예측할 수 있는 것은 하나도 없었지만, 십오 년 동안 상상도 못 했던 일이 오늘 일어나겠지만 두렵지 않다고 소년은 우람한 해송을 보고 다짐한다. 바닷가의 소나무들은 전부 한 방향으로 휘어져 있다. 소년은 자신도 긴 팔을 소녀에게 드리워 강한 햇볕과 해풍으로부터 소녀를 보호해주고 싶었다. 소녀가 겁먹으면 손을 꼭 잡고 끌어안아 안심시켜 줄 것이다. 무엇보다 이 여행을 무사히 마치게 해주고 싶었다. 어떤 게 무사한 여행인지는 자신도 잘 알지 못했다. 소녀 부모님의 옛날 모습이 잠깐 눈앞을 스쳤지만 소년은 모른 척했다. 처음으로 하느님을 부르며 기도를 했다. 하느님! 도와주세요! 소녀는 소년의 팔을 붙들고 버스에서 내렸다. 바다를 보자 바다 쪽으로 마구 달렸다.

"같이 가!"

"그럼 빨리 따라와! 나 빨리 바다 보고 싶단 말이야!"

소년은 소녀와 같이 있기 위해 여행을 왔다. 소녀는 이 세상과 멀어지기 위해 여행을 왔다. 그 두 생각의 거리가 바다만큼 멀지도 모르겠다고 생각하며 소년은 소녀를 따라 뛰어갔다. 소녀는 일제히 한쪽으로 휘어진 소나무 숲을 지나 바다와 가까워지고 있었다.

나의 진짜 꿈은 내가 당신을 위해 그동안 내가 꿈속에서 연습했던 것처럼 무언가를 만들어서 당신을 기쁘게 해주는 거예요. 옷을 짓고, 신발을 만들고, 머리를 깎아주고, 손톱 손질도 해주고, 맛있는 밥도 해서 먹여주고 싶어요. 물론 실제로는 아직 너무 질거나 된밥밖에 지을 줄 모르고 신발은 커녕 손톱 손질을 해줄 깜냥도 못 되지만 말이에요.

꿈에서
꿈을
꾸었어요

신발을 만드는 꿈을 꾸었어요. 나는 무두질이 잘 된 고동색 가죽을 커터로 재단해서 가죽실과 굵은 바늘로 한 땀 한 땀 꿰매 구두를 완성합니다. 다 된 구두를 이리저리 살피며 구두약을 칠하고 마지막으로 끈을 뀁니다. 옹이가 얹힌 나의 거친 손과 양말을 신은 아담한 발이 클로즈업 되어 나타납니다. 주위에 가위, 아교, 바늘, 커터 같은 몇 가지 도구들만 널려 있어요. 나의 얼굴도 발 주인의 얼굴도 꿈이 끝날 때까지 화면에 나타나지 않아요. 그래도 그 손은 나의 것임을 나는 알아봅니다. 그 발이 누구의 것인지도 알 것 같습니다.

말갛게 닦은 유리문을 통해 햇살이 실내로 들어옵니다. 햇살을 받은 구두는 반짝이며 광채를 발합니다. 발의 주인공은 내가 만든 신발을 신고 흡족한 걸음걸이로 문을 열고 밖으로 나갑니다. 그런 건 금방 알 수 있어요. 걸음걸이만 봐도 신발이 맘에 드는지, 발에 잘 맞는지 솜씨 좋은 구두장이인 나는 금방 알아차리죠. 나는 보도를 걸어가는 그 신발을 오래 바라보고 있었어요. 도로 위에도 화사한 햇살이 가득 비추고 있더군요.

그게 다예요. 아주 단순하고 밋밋한 꿈인데도 깨고 났더니 가슴에 따뜻한 물이 고여 있는 듯, 정말 내가 마치 누군가의 고된 여행을 위해 튼튼한 신발을 지어준 듯 마음이 푸근해졌어요.

전 가끔 아주 신기한 꿈을 꾸어요.

내가 누군가가 되는 거예요. 지금의 나 말고 터무니없이 엉뚱한 모습을 한 나를 만나는 일은 설레기도 하고 두렵기도 합니다. 물론 설레는 날이 훨씬 많지만요. 어젯밤처럼 구두공이 되기도 하고 빵을 만들거나 꽃을 잘라 꽂거나 자전거에 펌프질을 하기도 해요. 하루 종일 마루에 걸레질 하는 하녀가 된 적도 있고 집을 짓고 석회를 바르는 미장이었던 적도 있습니다. 제일 흥미진진할 때는 내가 큰 레스토랑의 수석 주방장으로 나왔을 때였어요. 고소하고 향기로운 음식 냄새와 갖가지 식재료들의 울긋불긋한 색깔은 지금도 생생하게 기억해요.

얼마 전에는 아이들에게 철사로 모형을 만들어주는 거리의 예술가로 나왔어요. 현실의 나는 컴퓨터와 펜만 가지고 책상에 앉아서 따분한 숫자놀음이나 하는 사람이지만 꿈속의 나는 두텁고 거친 손으로 항상 뭔가를 만들어요. 그것도 남을 기쁘게 하거나 행복하게 해줄 어떤 것을요. 꿈속에서만 착한 일을 하는 사람, 당신은 어떻게 생각하나요?

나의 진짜 꿈은 내가 당신을 위해 그동안 내가 꿈속에서 연습했던 것처럼 무언가를 만들어서 당신을 기쁘게 해주는 거예요. 옷을 짓고, 신발을 만들고, 머리를 깎아주고, 손톱 손질도 해주고, 맛있는 밥도 해서 먹여주고 싶어요. 물론 실제로는 아직 너무 질거나 된밥밖에 지을 줄 모르고 신발은커녕 손톱 손질을 해줄 깜냥도 못 되지만 말이에요. 꿈을 이루기 위해서 꿈을 꾸다니, 난 참 운이 좋은 사람이죠. 꿈이 고스란히 견습공 노릇을 할 수 있는 시간을 만들어주는 거잖아요.

오래 기다리게 하지는 않을 거예요. 앞으로 열 번쯤만 더 꿈을 꾸면 될 것 같아요. 당신더러 꿈속에까지 찾아오라는 말은 하지 않을게요. 꿈은 내 맘대로 할 수가 없어서 당신을 만질 수도 안을 수도 없거든요. 꿈은 누군가 명령하는 대로밖에 진행되지 않아요. 그렇게 열심히 일을 하다가도 고개를 들면 언제나 소중한 사람이 눈앞에서 사라지는 게 제 꿈의 오랜 패턴이에요. 사라지고 어긋나는 꿈 말고 환한 대낮에 당신을 발견하고 달려가서 품에 안을 수 있는 실제가 나는 더 좋아요.

당신의 꿈 얘기도 언젠가 듣고 싶어요. 당신은 얘기를 즐기는 편이 아니라는 건 알아요. 표정이나 웃음이나 손길로 말하는 당신이더라도 딱 한번만 당신이 잊지 않은, 현실의 당신에게까지 따라온 꿈 얘기 하나쯤은 들려주세요.

기다릴게요. 지금 내가 바라는 건 그쯤으로 해둘게요. 당신의 꿈 하나. 그 이야기 꼭 듣고 싶어요.

소금이 오는
시간

"블라디보스톡까지는 얼마나 걸릴까?"
나는 혼잣말처럼 중얼거렸다. 너는 담배 연기를 길게 뿜
어내며 눈을 찡그렸다.
"알 게 뭐야."

오후 세 시. 소금이 오는 시간이다. 염부들은 소금은 만들어지는 것이 아니라 어디선가 저절로 오는 것이라 믿는다. 그들은 소금이 염전 바닥에 엉기는 것을 소금이 온다고 말한다. 그 시간은 대개 햇볕이 절정의 뜨거움을 마칠 시간인 오후 세 시나 네 시쯤 된다. 손님처럼, 낮잠처럼 소금은 그렇게 온다.

너는 소금처럼 낮잠처럼 그렇게 오후 세 시에 내게로 왔다. 소금 알갱이들이 반짝이는 새하얀 염전을 바라보듯 너는 눈이 부셔했다. 얼굴을 찌푸리며 나를 향해 웃어 보이는 네 얼굴은 말 안 듣는 개구쟁이를 닮았다. 내 뺨을 쓰다듬으며 인사를 하는 네 손에 입술을 갖다 대자 정말 네게서 소금 맛이 났다.

"앗, 짜."

내 말에 너는 유난히 더운 날씨를 과장해서 떠벌렸다. 너의 가슴도, 너의 등도, 너의 배도, 그 아래도, 그 위도 소금 맛이 날 거라고 나는 조금 음란한 생각을 했다. 너는 남자치고 선이 고운 몸을 가졌으니 옷을 벗고 소금기 있는 땀만 걸치고 서 있어도 보기 좋을 거다. 그 생각은 내 얼굴에 이상한 미소를 만들었을 것이다. 넌 뭔가 눈치 챈 얼굴로 왜 괜히 머리 나쁜 척하면서 바보같이 웃느냐고 손등을 툭 건드렸다.

이제 뭘 해야 하지. 우리는 할 일이 없다. 최근의 몇 달 우리는 늘 그랬다. 전에도 분명 그랬을 것이다. 하지만 그땐 우리가 할 일이 없다는 것도, 심심하다는 것도 몰랐다. 요새는 만나면 그 말을 꼭 한다.

"뭘 하지?"

"할 게 없네."

"심심하지?"

"왜 이렇게 시간이 안 가냐?"

우리가 만나는 시간은 소금을 넣지 않은 음식처럼 밍밍해졌다. 아무리 싱싱한 재료를 써도 아무리 솜씨가 좋아도 제 아무리 정성을 다했다 한들 그 음식을 맛있다고 부를 순 없었다. 그래도 우리는 그 음식을 버릴 생각은 못 하고 느린 포크질을 했다. 음식은 좀처럼 줄지 않았으며 몇 번이나 물 잔을 채워달라고 했다.

오늘은 좀 다를 거라는 느낌이 든다. 네게서 소금 맛이 나니까. 소금이 엉겨서 실지렁이 같은 무늬를 만든 네 검은색 티셔츠의 등판을 내가 슬쩍 훔쳐봤기에. 셔츠 안의 등에는 더 많은 소금이 있을 거라는 걸 내 오감은 벌써 알아버렸기에.

커피 잔을 바라보고 테이블에 흘린 설탕을 검지로 찍어서 버리는 일에 열중한 시간이 길다. 그러고 나서 너는 설탕 묻은 손가락을 입으로 불며 한참 가지고 논다. 나를 쳐다보는 건 가끔 내 반응을 살필 때뿐이다. 어떤 자극도 일어나지 않은 네 몸은 점점 느슨하게 풀어진다. 소금 알갱이처럼 단단했던 얼굴의 각도, 상체의 근육도 이제 나에게 야한 상상을 불러오지 않는다. 권태가 각질처럼 엉긴 네 얼굴에 차가운 냉수를 한번 끼얹어서 균열을 일으키고 싶은 충동을 느낀다. 하지만 아무 짓도 하지 않는다. 나는 나쁘다. 그만한 성의도 남아 있지 않은 거다. 소란을 피우고, 언성을 높이고, 잘잘못을 따지고, 더 나은 다음 만남을 약속하는 시간도 지나가버렸다. 그런 시간은 서로에게 거둬들일 조금의 소금이라도 남아 있을 때 얘기다.

네 시가 넘었다. 염부가 소금을 거두는 시간은 언제쯤일까. 햇볕은 아직 성성하지만 나는 햇볕에 질려버린 배춧잎처럼 온몸이 축축 쳐진다.

"뭐 할 일 없을까?"

"글쎄. 뭐 별로."

딱 내가 예상한 대답이었다.

"그럼 그만 가자. 오늘 나도 바쁜 일이 좀 있어서."

네가 나를 조금 오래 쳐다본 다음 다 알겠다는 듯, 그것이 무엇이든 어쩔 수 없는 일이라는 듯 눈빛이 일이 초쯤 흔들리다 이내 태연한 표정으로 돌아온다. 나는 홀가분함을 느낀다. 이제부터는 내가 무슨 말을 해도 어떤 행동을 해도 혹은 네가 어떤 행동을 해도 다 있을 수 있는 일이 될 거다. 우리는 지금 예행연습을 하고 있는 것이니.

"그러자."

너는 쉽게 뱉어낸다. 이 느낌이 처음은 아니다. 지난봄의 여행, 많은 걸 예고했었다. 그때 너와 나는 동명항 앞의 카페 창가자리에 앉아 있었다. 이름도 그럴듯한 '그라시아스'. 우리가 서로에게 전혀 고마워하지 않는 사이가 되었음을 더 극명하게 드러내주었던 곳.

"저 배를 타면 블라디보스톡에 갈 수 있대."

나는 항구에 정박해 있는 어마어마하게 큰 배를 보며 말했다. 너는 담뱃갑에서 담배 하나를 뽑아 테이블 위를 딱딱 치며 내가 바라보는 쪽으로 슬쩍 고개를 돌렸다. 출항시간이 멀었는지 항구에는 사람들이 별로 눈에 띄지 않았다. 녹슨 배 몇 척만 바다 가까운 곳에 들쑥날쑥 서 있었다. 항구 앞 공원에도 행인은 거의 없고 아이 두엇이 뛰어다니며 놀았다. 어부를 기다리는 여인의 동상만 덩그러니 자리를 지키고 있었다.

"블라디보스톡까지는 얼마나 걸릴까?"

나는 혼잣말처럼 중얼거렸다. 너는 담배 연기를 길게 뿜어내며 눈을 찡그렸다.

"알 게 뭐야."

동명항이 한눈에 내려다보이는 이 이층 카페에 오자고 제안한 사람은 나였다. 여행을 가자고 한 사람도 나였다. 너는 세 번이나 약속을 미루다가 마침내 계절이 한 번 바뀐 오늘에서야 여행계획을 실행에 옮겼다. 맞다. 그건 계획을 실행에 옮기는 자의 태도였다. 여행은 다분히 충동으로 떠나는 것이라고 믿는 나는 너의 태도가 불만스러웠지만 여행에 대한 갈망이 커서 그쯤은 얼마든지 감수할 수 있다고, 그래야 한다고 생각했다.

"소주 시킬까? 맥주 시킬까?"

"왜 이렇게 손님이 하나도 없냐? 장사 죽어라고 안 되는 집이군"

이 카페에 들어와 난데없이 알탕과 소주를 시켜놓고 한 시간째 네가 한 말이라고는 그것뿐이었다. 너의 입은 소주를 마시거나 알탕에서 동태알을 건져 먹거나 휴대폰으로 걸려온 전화를 받는 데만 쓰였다. 나는 주변을 둘러보며 몇 번 화제를 이끌었음에도 그 말은 두 마디 이상 이어지지 않았다. 재떨이에 담배꽁초가 수북했다. 소주는 두 병째 비웠다.

여주인은 두 테이블밖에 손님이 없는 실내에 눈길을 주며, 꽃에 물을 주거나 냅킨을 더 갖다 꽂는 등 관심을 늦추지 않았다. 장사가 안 되는 집치고는 서비스가 웬만했다. 내 얼굴은 잔잔한 바다보다 더 평평해졌다. 너의 침묵은 내 얼굴에서 모든 것을 거둬 갔다. 술 때문인지, 바다 때문인지, 밤이 되었기 때문인지, 나는 더 이상 너에게 말을 걸 힘이 없었다. 나 또한 너를 따라서 소주를 마시고 알탕을 뒤적이고 휴대폰을 만지작거리다가 창밖을 내다보았다.

소주의 마지막 잔을 비웠을 때 이제 그만 일어나자는 표정으로 네가 나를 쳐다보았다. 나는 할 말은 하나도 듣지 못했다는 얼굴로, 정말 가야 하느냐고 묻는 표정으로 너를 마주보았다. 너는 먼저 일어나 밖으로 나갔다. 나는 한 번 더 항구 쪽을 바라보고는 일어나 카운터에 가서 계산을 마쳤다.

"잠깐만요."

여주인이 나를 불렀다. 나는 잠깐 멈춰 섰다 망설이는 듯 천천히 몸을 돌렸다. 이제 누가 아무리 말을 걸어도 한 마디 대꾸도 할 수 없을 것처럼 피곤해 보였을 것이다.

"담배나 한 대 피우고 가시라구요."

여주인은 자신의 담배를 나에게 건넸다. 나는 여주인이 권하는 대로 담배를 입에 물었다. 여주인이 담배에 불을 붙여주었다.

"답답할 땐 이만 한 약도 없어요."

여주인은 두툼한 손으로 내 팔을 툭툭 치면서 말했다. 나는 조만간 블라디보스톡으로 떠날 거대한 배를 바라보며 길게 담배 연기를 뿜어냈다. 그 후 반년이 지났지만 달라진 건 없었다.

너와 나는 커피전문점 앞에서 헤어진다. 잘 가라. 이게 이별의 순서 중 첫 단계, 아니 마지막 단계이구나. 배웅이 생략된 헤어짐. 우리는 그조차 수긍하고 돌아선다. 눈에 소금이 엉기며 약간의 쓰라림을 느낀다. 너도 이마에 엉겨 붙기 시작한 소금이 조금 따가운지 손바닥으로 문지른다. 소금이 오는 시간도 끝나간다. 햇살이 순해지면 소금은 몸을 단단히 조일 투지가 만들어지지 않는다. 저녁 무렵 꽃이 된 소금을 거두는 염부의 몸은 소금이 맺히는 것을 멈춘 적이 없었을 거라고 생각하며 걷는다. 다시는 이 발길이 같은 곳을 향하지 않으리라는 걸 너무도 잘 아는 걸음과 표정이다.

The World's Best
Avocado Juice

"당신은 세상에서 가장 맛있는 아보카도주스를 만들 줄 아
는 사람이에요. 카페 앞에 'The World's Best Avocado
Juice'라고 써 붙이세요. 아보카도가 없는 겨울 나라에서
온 사람들이 구름처럼 몰려들 거예요. 이 주스 덕분에 예정
보다 더 오래 이 도시에 머물게 될지도 모르구요."

나는 때때로 강렬한 하나의 영상에 사로잡히곤 한다. 그것은 주로 빛이나 색, 또는 사물의 형태로 나타난다. 지금 내 눈에는 바다 한가운데 떠 있는 섬이 보인다. 열 개가 넘는 테이블이 놓인 이 넓은 카페에서 나는 섬처럼 홀로 떨어져 있다. 불경에서는 섬처럼 혼자 온전히 서 있을 수 있어야 미망에 빠지지 않는다고 했지만 이 상황에서도 그런 말을 할 수 있을까. 이방인을 흘긋거리는 내국인들의 시선을 감내하며, 위장을 할퀴는 허기를 누르며 가만히 앉아 있다. 어쩌다 여기까지 흘러왔을까, 묻기라도 하듯 이따금 주위를 두리번거린다. 사소한 어긋남에도 어쩔 줄 몰라 하는 국외자였다.

"얼마를 더 기다려야 하죠? 주문한 지 삼십 분이나 지났는데……. 재료가 없나요?"

주문을 받아간 뒤 종업원들은 부산하게 움직이는데도 정작 나한테는 물 한잔 주지 않았다. 길가 야자수 위로 바늘다발처럼 쏟아지는 열대의 햇살이 갈증을 더욱 부채질했다.

"조금만 더 기다리면 올 거예요. 얼음도 있고 아보카도도 있는데 기계가 없어요. 만약 당신이 정말 바쁘면 그냥 가도 됩니다."

"나 때문에 얼음도 사고 아보카도도 샀는데 어떻게 그냥 가요?"

"괜찮습니다. 당신만 행복하다면."

또 행복 타령이다. 말끝마다 당신이 행복하다면, 을 붙인다. 이 나라 사람들의 상투어다. 새벽 버스에서 내려 호텔에 짐을 갖다놓고 바로 옆에 있는 카페 문이 열리자마자 들어왔다. 열네 시간이 넘는 장거리 여행의 피로에다 갈증과 허기로 다른 식당을 찾아 돌아다닐 엄두가 나지 않았다. 자리를 잡고 우선 갈증을 달랠 주스부터 주문했다.

삼십 분쯤 지났을까. 요란한 오토바이 굉음과 함께 아까 주문을 받아 갔던 키 큰 남자가 카페 입구로 들어섰다. 이곳에서 드물게 안경을 낀 남자가 믹서가 그려진 박스를 들고 그의 뒤를 따라왔다. 안경 남자는 키다리 남자에게 한참 동안 기계 사용법을 설명했다. 주방은 순식간에 아수라장이 되었다. 믹서를 돌리고 내용물을 넣었다가 쏟고, 같은 과정을 몇 번이나 다시 반복했다.

나는 그 야단법석을 구경하면서 묵묵히 기다렸다. 얼마 후 키다리 남자가 득의양양한 얼굴로 나를 향해 걸어왔다. 그의 손에는 연초록색 아보카도주스가 들려 있었다. 올림픽에서 금메달을 땄다 해도 저렇게 자랑스러울까, 싶은 표정이었다. 그는 물어보지도 않고 내 앞자리에 앉아 내가 주스 마시는 모습을 유심히 본다. 그의 이마에는 땀이 맺혀 있고 흰색 셔츠에는 초록색 얼룩이 묻어 있었다.

"진짜 맛있네요. 색깔도 예쁘고. 저 오늘 아보카도주스 처음 마셔봐요. 고마워요."

"내가 오히려 고맙습니다. 당신이 이 믹서의 첫 번째 손님이니까요. 이건 아주 예외적인 일입니다. 이틀치 매상액에 상당하는 기계를 당신 덕분에 구입했습니다."

머릿속으로 얼추 계산을 해보아도 최소한 몇 달은 주스를 팔아야 기계 값을 건질 수 있을 것 같았다. 남는 장사는 아니었다.

"우리 카페에 들어왔을 때 당신 표정이 어땠는지 알아요? 낯선 나라에 불시착한 다른 세상 사람처럼 보였어요. 별로 넓지도 않은 가게에서 쩔쩔매며 자리를 잡지 못했잖아요. 그러다 내가 다가가니까 믿을 수 없게 활짝 웃어주었어요. 이 주스는 그 미소에 대한 답례예요. 참 이상해요. 언젠가 꿈에서 그런 미소를 본 것 같기도 해요."

유창하고 세련된 영어였다. 그는 우리 전생에서 한 번쯤 만난 적이 있지요? 묻는 얼굴로 나를 바라보았다.

"그래서 당신이 얼음을 가득 채운 아보카도주스를 마시고 싶다고 했을 때 거절하지 못했어요. 얼음도, 아보카도도 없고, 물론 주서기도 없었지만요. 보시다시피 우리 집은 커피와 팬케이크를 파는 집이잖아요."

그는 메뉴판을 가리켰다.

"그렇군요. 나는 그저 머릿속에 떠오른 걸 말했을 뿐인데. 오래전부터 더운 나라에 가면 아보카도주스를 한번 마셔보고 싶었거든요."

"나한테는 당신이 그걸 우리 카페에 와서 말했다는 사실이 중요해요."

그는 내가 표류해 있는 섬을 찾아온 배였다. 그리고 내 구조 요청을 제대로 알아들었다. 나는 알고 있었다. 내가 얼음이라 는 단어를 발음했을 때 그의 표정은 어, 어쩌지, 하는 난감함을 충분히 드러냈다. 일이 초쯤 지나 그는 "노 프라블럼"이라고 대 답했다. 이어 테이블을 닦던 꼬마 두 명이 밖으로 달려 나갔다. 한참 뒤 한 꼬마는 얼음을 들고, 다른 꼬마는 아보카도를 한 아 름 안고 돌아왔다. 그 사이 이 남자는 믹서를 사러 간 것이다. 그 일련의 과정을 나는 구석자리에 앉아 똑똑히 지켜보았다. 이곳에 와서 느낀 점은 꼬마애들이 가게에서 테이블을 닦거나 자질구레한 일을 하는 걸 무척 즐기고 자랑스러워한다는 점이 다. 그 아이들을 보면서 아동에게 노동을 시키는 걸 간단히 아 동착취라고 말하는 것이 얼마나 관념적인가 생각했다.

"당신은 세상에서 가장 맛있는 아보카도주스를 만들 줄 아는 사람이에요. 카페 앞에 'The World's Best Avocado Juice'라고 써 붙이세요. 아보카도가 없는 겨울 나라에서 온 사람들이 구름처럼 몰려들 거예요. 이 주스 덕분에 예정보다 더 오래 이 도시에 머물게 될지도 모르구요."

그는 내 말이 재밌는지 너털웃음을 웃었다. 이 기분을 행복이라 부를 수 있나. 언젠가 한 번 느껴본 적이 있는 감정이다. 오랫동안 그 느낌을 그리워했었다는 것을 기억해낸다. 그때는 내 이웃들의 얼굴도 가난과 남루를 부끄러워하지 않는 이곳 사람들을 닮았었다.

그는 돈을 받지 않았다. 내가 이 기계의 첫 번째 손님이고 그것만으로 충분히 기쁘다며 활짝 웃었다. 치아 관리를 제대로 하지 않아 거의 검붉은 색인 이가 열 개도 넘게 보였다. 어쩌면 그의 말처럼 꿈속에서 그 웃음을 다시 보게 될지도 모르겠다는 생각이 들었다.

"당신은 왜 아무 데도 안 가요?"

그는 매일 똑같은 질문을 했다. 오늘은 어디 구경하러 가지 않을 거냐고. 이 카페의 매니저이자 바리스타인 그는 자신을 첸이라고 불러달라고 했다. 여행자들은 아침을 먹고 나면 다들 어딘가로 나간다. 게스트하우스는 낮에 텅 빈다. 첸은 나를 이해할 수 없다고 했다. 이 먼 데까지 와서 구경은 안 다니고 허구한 날 노천카페에 나와 커피를 마시거나 죽치고 앉아서 시간을 보내니 말이다. 기껏 생각해낸 게 쭈그리고 앉아 호텔 정원이나 현관 앞 포석에 돋은 풀을 뽑는 일이다.

"난 이곳이 좋아요."

"덥고 답답한 여기가 좋긴 뭐가 좋아요? 내일도 아무 데도 안 갈 건가요?"

나는 잘 알면서 왜 묻느냐는 듯 씨익 웃으며 남은 커피를 마저 마셨다. 이 카페에서 내가 시키는 메뉴는 정해져 있다. 일단 아보카도 주스와 팬케이크를 시켜서 먹은 다음 디저트로 커피를 마신다. 그날 사 온 아보카도는 아직 절반이나 남았다. 당연하다. 나 말고는 그 메뉴를 시키는 사람이 하나도 없으니.

"그럼 나랑 같이 내 친구 결혼식에 갈래요?"

첸은 까만 피부에 커다란 눈을 멀뚱거리며 내가 거절할까봐 약간 겁먹은 얼굴로 물었다. 그렇진 않을 것이다. 그의 눈이 너무 커서 그렇게 보일 뿐이다. 이곳 사람들은 거절에 대한 자의식이 거의 없었다. 무리한 제안도 쉽게 했고 거절해도 기분 나빠 하지 않았다.

"글쎄……."

"우리나라 결혼식 보고 싶지 않아요? 한국이랑 많이 다를 거예요."

관광객에게는 그런 게 필요할 것이다. 이국적인 구경거리. 딴 나라 풍습이나 음식, 예복, 의례 같은 새로운 볼거리들. 나는 어쩐 일인지 그런 것들이 하나도 궁금하지 않았다.

"내가 가도 되나요? 난 친척도 친구도 아닌데."

"내 친구잖아요. 나는 그 친구의 친구고."

참 간단하면서도 기묘한 계산법이다. 일주일 만에 이런 친밀감을 갖게 되는 것도 이상하다. 이 카페에는 그 말고도 직원이 여럿 더 있다. 어떤 때는 손님보다 직원이 더 많을 정도로 남아도는 인력이라 할 일 없이 자리 차지하고 앉아 노닥거리는 직원이 절반이다. 한두 사람만 쉬지 않고 바쁘게 일한다. 매니저가 구체적으로 뭘 하는 직책인지 몰라도 뭐든 다 했다. 투어 알선, 관광 가이드, 바리스타와 요리사까지. 첸은 커피 내리는 일과 여행자들의 대화 상대 말고는 하는 일이 없다. 아마도 그 역할 분담은 그의 탁월한 영어 실력 덕분일 것이다. 그는 어디서 영어를 배웠는지 동남아 특유의 억양이 거의 없는 고급영어를 구사했다.

'여기 사람들의 결혼식은 어떤 모습일까?'

조금 궁금하긴 하다. 아니 많이 궁금하다. 대체 결혼식은 어떻게 하는 걸까, 머릿속에 아무 정보도 입력되어 있지 않았다.

결혼식이란 데를 한 번도 가본 적이 없는 것만 같았다. 나 자신이 조금 우스웠다. 결혼식을 피해서 여기로 왔는데 결국 결혼식에 가게 되다니.

"몇 신데요?"

"아침 열 시요."

"무슨 결혼식을 그렇게 일찍 한담."

아침 식전부터 모여 종일 같이 어울려 먹고 노는 동네잔치였다. 내가 대답을 머뭇거리는 사이 그는 아홉 시까지 카페 앞으로 나오라고 말하고 주방 안으로 들어갔다. 더 얘기를 나눠봤자 자기한테 유리할 게 없다는 판단을 한 것이다.

다음 날 로비에서 나를 기다리고 있는 첸을 보고 놀라지 않을 수 없었다. 그는 평소에 입던 사리라고 부르는 전통의상이 아닌 청바지에 베이지색 남방을 차려 입었다. 게다가 맨발이 아니라 나이키 운동화를 신었다. 사리를 벗은 그는 다른 사람 같았다. 첫 데이트를 준비한 듯 말끔하게 차려입은 해맑은 얼굴을 보니 내가 무슨 큰 잘못을 저지른 느낌이 들었다. 그는 나보다 열 살은 어릴 게 분명한 초보 청년이었다.

나는 결혼식 하객으로서 나름의 예의를 차리느라 배낭에서 가장 덜 낡은 옷을 꺼냈다. 페이즐리 무늬의 긴 치마에 흰 티셔츠와 흰 운동화를 신었다. 곤혹스러워하는 내 표정에도 아랑

곳없이 첸은 문 앞에 세워둔 오토바이를 가리켰다. 내가 어리 둥절해하자 그는 손에 들고 있던 헬멧을 건넸다.

"걱정할 거 없어요. 아주 안전하니까."

그는 헬멧을 내 머리에 씌어주며 주춤거리는 나를 뒷좌석에 앉히고 몇 가지 주의사항을 들려주었다. 긴 설명의 요점은 최대한 몸을 그의 등 가까이 붙이라는 것이었다. 동네를 벗어나 고속도로를 이십 분쯤 달려야 한다고 미리 알려주었다.

빠른 속도로 달리는 오토바이 때문에 포장 안 된 도로에서 흙먼지가 올라왔다. 얼마 안 가 흰 셔츠와 치마는 온통 먼지를 뒤집어썼다. 열대의 강한 햇볕에 그을린 팔은 따끔거렸다. 수다스러운 그조차 별 말이 없이 달리기만 했다. 귀가 먹먹하게 큰 엔진 소리 때문에 대화를 할 수도 없었다. 그의 등에서 긴장이 느껴졌다. 나야말로 우스꽝스러울 정도로 엉거주춤한 자세였다. 몸을 꼿꼿이 세우면 불안하게 흔들렸다. 그렇다고 그에게 바짝 붙이자니 그 불편함은 이루 말할 수가 없었다. 그가 오른팔을 뒤로 보내서 내 오른팔을 붙잡아 자기 허리춤에다 갖다 댔다.

"나를 잘 붙잡아요."

Hold me, 대신 Embrace me라는 표현을 썼다. 끌어안기는커녕 땀 냄새와 뒤섞인 그의 짙은 체취 때문에 그의 몸 가까이 다가갈 수조차 없었다. 손으로 그의 옷자락을 살짝 잡는 게 고작이었다.

"위험해요. 나를 꼭 잡아요."

내 속 마음을 읽었는지 그는 이번에는 다른 단어를 썼다. Hold me tightly. 첸은 또박또박한 영어 발음으로 거의 고함치듯 위험을 강조했다.

"잘 잡아요. 위험하다니까요."

'아까하곤 애기가 다르잖아. 안전하대놓고선.'

나는 혼잣말로 구시렁거렸다. 그는 내가 바짝 붙지 않을 수 없도록 더욱 속도를 내서 달렸다. 양손으로 그의 허리춤을 붙잡았다. 이십 분쯤 후에 사람들이 웅성거리는 잔칫집에 도착했다. 마당에 펼쳐 놓은 멍석 위에서 하객들은 벌써 술과 음식을 먹고 있었다. 천막이나 잔칫상 주변을 울긋불긋한 천으로 꾸미고 여기저기 종이꽃을 달아놓았다. 잔치를 화려하고 풍성하게 보이려 애쓴 흔적이 역력했다.

신랑과 신부는 원색의 화려한 전통의상을 입고 한쪽 방에 나란히 앉아 하객들의 인사를 받고 있었다. 첸은 준비한 선물을 친구에게 내밀며 그들의 언어로 인사와 너털웃음을 주고받았다. 내가 등장하는 순간 신랑신부에게 쏠렸던 관심은 일제히 나에게로 향했다. 첸과 나를 의미심장한 눈빛으로 번갈아

처다보았다. 첸은 그에 보답이라도 하듯이 다정하고 애틋한 표정으로 나를 바라보았다. 누가 봐도 사랑을 맹세한 연인 사이였다. 그는 사람들의 오해가 혹시 풀릴까 봐 직접적인 질문에 애매하게 답했다.

우리를 대접하려고 내온 음식은 알록달록하고 향이 진해서 선뜻 손이 가지 않았다. 나는 보는 눈들이 많아서 꾹 참고 한 입 베어 물었다. 강한 향과 달리 음식 맛은 괜찮았다. 하객들은 나의 일거수일투족을 관찰하다 서로 손으로 입을 가린 채 숙덕거렸다. 첸은 친구에게 축하인사를 한 번 더 하고 잔칫집을 나왔다. 마당 한쪽의 텔레비전에는 공중파 방송인지 가라오케인지 모를 공연 화면이 켜져 있었다. 첸은 보란 듯이 내 손을 붙들고 오토바이를 세워둔 쪽으로 걸어갔다.

"내 친구 행복해 보이죠?"

첸은 친구가 부러워 죽겠다는 표정을 짓더니 나를 돌아보며 물었다. 나도 고개를 끄덕였다.

"나 작년까지 애인이 있었어요. 영국여자였는데 나랑 일 년쯤 같이 살다가 갑자기 떠났어요. 그렇지 않았다면 지금쯤 나도 결혼을 했을 거예요."

"아하, 그랬군요."

그 말 말고는 적당한 답을 찾을 수 없었다. 그는 결혼을 하고 싶었던 남자였다.

"떠나면서 그녀가 뭐라고 했는지 알아요? 기다림은 인생의 다른 이름이래, 그러면서 잡았던 내 손을 놓고 돌아섰어요."

Waiting is another name of life. 첸은 큰 소리로 마지막 문장을 말했다. 그가 그 말을 백 번쯤 되새김질했음을 알고도 남았다. 그는 평생 그 말을 곱씹겠지. 그 영국인 여자 친구는 그에게 기다려달라는 뜻으로 그 말을 남기지 않았을 것이라고 나는 확신한다. 그냥 기다리다 보면 언젠가는 다른 여자가 올 거라는 말을 해주고 싶었던 거라고 말해줄 수는 없었다.

"그 사람을 많이 좋아했군요. 그렇다고 친구를 너무 부러워하지 마요."

"왜요?"

"퀴즈 하나 낼까요?"

"오케이!"

"결혼하면서 주고받는 반지가 뭔지 알아요?

"Weddding ring?"

"그렇게 뻔한 건 정답이 될 수 없다는 거 알죠? 답은 SuffeRING!"

첸은 농담을 금방 알아듣고 한참을 웃었다. 엄지를 치켜들어 나를 향해 흔들었다.

"농담도 할 줄 알고 놀랐는데요. 알아요? 당신이 저 신부보다 훨씬 더 예뻐요. 당신이 드레스를 입으면 정말 아름다울 거예요."

넉살이 좋은 남자다. 이런 감수성과 자유분방함을 가진 그가 교육을 받지 못하고 보수적인 내국인 여자랑 결혼하기는 힘들 것 같았다. 그렇다면 그의 기다림은 얼마나 더 길어질지 알수 없었다. 첸은 틀렸다. 나는 예쁘지도 않으며 웨딩드레스는 더더욱 어울리지 않을 것이다. 그의 말이 맞는다면 나는 여기에 와 있지 않을 테니까. 나는 웨딩드레스를 입은 내 모습을 생각하다가 이어 눈보다 더 희다는 웨딩드레스를 입은 다른 여인, 그 옆에 서 있는 다른 남자를 생각한다. 지금쯤 결혼식을 끝내고 신혼여행을 갔겠지.

"나 집으로 돌아가고 싶어요."

그는 집? 하고 되묻는다. 그래, 집. 나는 일주일 만에 게스트하우스를 집이라고 생각하게 되었다. 어쩌면 친밀감은 시간과 상관없는지도 모른다. 십 년을 사귀어도 아무 관계도 아닌 남이 될 수도 있는 것처럼. 소속감은 묘하게 사람을 안심시킨다. 겨우 일주일 만에 나는…… 나는 이곳에 와서 처음으로 활짝 웃으며 그를 쳐다보았다. 그는 내 웃음에 용기를 얻어 말한다.

"우리 시장 구경 안 갈래요? 거기 가면 여자들이 좋아하는 예뻔 물건 많은데……."

"싫어요. 나는 집이 더 좋아."

그는 아쉬운 듯 나를 뒷좌석에 태우고 힘주어 말했다.

"꽉 잡아요. 꽈악!"

첸은 꽉 잡지 않으면 위험하다고 아이를 타이르듯 말한다.
그래 잘 안다. 꽉 잡지 않으면 위험하지. 어디 엉뚱한 데로 흘
러가지 못하게 나를 꽉 잡고 내 인생을 꽉 잡고 현재를 꽉 잡아
야 한다. 나는 잘 다려 입은, 그러나 땀에 젖은 그의 셔츠에 이
마를 기댔다. 그의 나이키 운동화에도 흙먼지가 누렇다. 곧 신
부의 고운 옷에도 누런 흙먼지가 쌓이겠지. 어디에나 있는 그
흙먼지를 잠깐 잊게 하려고 웨딩드레스가 그토록 새하얀 것일
까? 웨딩드레스가 너무 새하얘서 흙먼지가 두드러지는 것일
까? 나는 갑자기 궁금한 게 많아졌다.

누군가는 이 세상에서 제일 슬픈 건 어린 거지의 발이라고 말했다. 그의 손톱 밑이, 메마른 입술이, 텅 빈 위가 슬프다는 말이리라. 꿈속에서 단 한 번도 거지 아이의 모습을 본 적이 없는 자를 믿을 수 없다고 말한 사람도 있다.

서울, 36.5°

벤치는 축축했다. 가을 서리가 채 마르지 않은 이른 아침, 이곳의 모든 것이 다 축축하다. 공원 입구의 공중전화도, 벤치도, 풀잎도. 희부연 아침을 몰고 오는 공기도. 남자는 가방에서 신문지 꾸러미를 꺼내 벤치 위에 깔았다. 커다란 가방은 벤치 아래 내려놓았다. 스웨터를 둘둘 말아 머리를 누인 뒤 몸을 공처럼 말고 옆으로 누워 팔짱을 꼈다. 외투를 머리끝까지 덮었다. 밤새 어디서 시간을 보내다 왔는지 벤치에 눕자마자 고른 숨소리가 났다. 그의 몸은 잠을 불러올 시간이 필요하지 않았다. 이내 정적이 이불처럼 그를 둘러쌌다. 이따금 살아 있음을 증명하듯 큰 소리로 한 번씩 코를 곯아주었다.

해는 점점 높이 떠올라 풀잎의 이슬을 말렸다. 공중전화 유리문의 냉기를 거둬가고 남자의 두껍고 냄새나는 외투를 달구었다. 공원에는 사람들이 하나둘 늘어났다. 그들은 제각기 무언가를 했다. 조깅을 하거나 개를 산책시키거나 전화를 걸었다. 커피와 샌드위치를 들고 와서 신문을 읽는 중년남자도 있다.

남자는 몇 번 몸의 방향을 바꿔 뒤집었다 펴면서 팔짱을 풀었다 다시 꼈다. 햇살이 그의 얼굴을 따갑게 비출 정도로 해가 높아지자 그는 욕설을 웅얼거리며 얼굴을 옷깃 속에 묻었다.

그의 벤치에도 방문객이 있었다. 공원에 사람들이 많아져서 더 이상 그의 존재가 눈에 띄지 않을 만큼 북적이는 점심시간이었다. 한 아이가 그가 누운 벤치 가까이로 다가왔다. 한 손에 비닐봉지를 든 예닐곱 살 된 사내아이는 남자를 한참 내려다보고 서 있었다. 마침내 결심했다는 듯 나이키 운동화를 신은 남자의 발 옆에 엉덩이를 걸쳤다. 때에 절어 본래의 색을 거의 알아볼 수 없게 더러운 운동화는 아이의 등받이 역할을 해주었다.

아무도 아이에게 말을 걸지 않았고 아이의 손을 잡으려 하지 않는다. 아이는 가끔 이 동네에 출몰한다. 남루하고 불결한 옷으로 환한 꿈과 비릿한 몸을 가린 채 햇볕을 받으며 웃는다. 지나가는 사람에게는 아이가 보이지 않는다. 자신의 발길을 막을 때 외에는 아이에게 아무런 관심도 없다.

물 위에 뜬 기름처럼 아이는 넓고 복잡하고 분주한 거리, 혹은 한가로운 공원에서 가벼이 윤기 나는 걸음을 느리게 떼어 놓는다. 누군가는 이 세상에서 제일 슬픈 건 어린 거지의 발이라고 말했다. 그의 손톱 밑이, 메마른 입술이, 텅 빈 위가 슬프다는 말이리라. 꿈속에서 단 한 번도 거지 아이의 모습을 본 적이 없는 자를 믿을 수 없다고 말한 사람도 있다. 아이는 어떤 사람에게는 자주, 어쩌면 지나치게 자주 꿈에 찾아온다. 그 사람의 옷을 입고 그 사람의 미소를 띤 채로.

이 공원에는 벤치가 여섯 개쯤 있지만 이 자리가 가장 아늑

하고 방해받지 않는 위치에 자리 잡고 있다. 나무가 아니라 철망 같은 걸로 짜서 바닥이 탄력 있고 널찍한 의자였다. 커다란 은행나무 두 그루가 벤치에 그늘을 만들었다. 나무는 엄폐물 역할을 톡톡히 했다. 좋은 구도로 먼발치에서 보아도 멋진 그림이 되었다. 남자와 소년이 그 점을 염두에 두고 이곳을 찾았는지는 알 수 없다.

아이는 남자가 몸을 한 번 더 뒤척이는 틈을 타서 그의 옆으로 몸을 들이밀었다. 남자는 흠칫 놀라 눈을 뜨더니 아이의 작은 몸집에 안심했는지 뭐라고 욕지거리를 내뱉고 나서 도로 잠에 빠져 들었다.

점심시간이 가까워지면서 공원 안을 오가는 사람이 두 배쯤 늘어났다. 사람들의 손에는 종이컵이 들려 있었다. 대부분 도심의 저 높은 빌딩에 근무하는 사람들이다. 그들은 점심을 먹고 가까운 공원을 찾아 담배를 피우고 한담을 나눌 시간이 꼭 필요하다는 듯 매일 이곳을 찾는다.

남자와 소년은 무엇에도 아랑곳하지 않고 그 자리에 그대로 누워 있었다. 조금씩, 거의 눈에 띄지 않을 만큼 조금씩 남자는 벤치에 등을 붙였다. 소년은 남자의 가슴과 배 안의 둥그런 공간에 몸을 가두고 누웠다. 얼핏 보면 남자가 옷 보퉁이를 꼭 끌어안은 형상이었다.

해는 이제 하늘 한가운데로 떠올랐다. 남자는 꼈던 팔짱을 풀고 아이의 어깨를 끌어안았다. 적당히 리듬을 맞춘 두 사람의 숨소리에 따라 땀 냄새와 입 냄새, 옷에서 풍기는 냄새가 그들이 몸을 움직일 때마다 공기 속으로 풀려나왔다. 둘의 표정 또한 평온했다가 고통스러웠다가 잠시 후 아무 표정도 없이 밋밋해졌다. 두 사람의 몸은 점점 더 둥글게 말렸고 점점 더 작은 공이 되었다. 그들의 잠과 꿈은 대체로 달콤해 보였다. 그들의 낮잠은 길게 이어졌다. 오직 허기만이 그들을 깨울 수 있을 것이다.

서포모어 징크스

"우리 이 날을 오래 잊지 말자."
그녀가 내 이마에 똑같이 입술을 꾹 눌러 도장을 찍었다.
"그럼, 기억은 원래 리바이벌이 특기잖아."
"그렇게 말해줘서 고마워. 이 기억은 언제나 과거가 아닌 현재다!!"

1.

그녀의 전화기는 아직도 꺼져 있다. 문자메시지를 보내도 답이 없다. 수신 메일함도 비어 있다. 아무런 교신도 하지 않은 채 하루가 지났다. 오늘은 휴일, 벌써 오후도 다 지나 저녁이 되었다. 도대체 어떻게 된 걸까. 집에 있으면서 잠수를 탄 걸까, 아니면 급한 일이 있어서 어디 간 걸까. 어찌 됐건 핑계가 되지 않는다. 짧게 문자로라도 알려줄 수 있는 일이다.

나의 불안은 점점 커지다가 급기야 분노로 변했다가 이제는 배신감이 느껴진다. 나를 이렇게 소홀히 취급해도 되는 건가. 나를 이토록 오래 혼자 방치해도 괜찮나. 나는 화를 삭이며 마트에 가서 일용품을 사고 세탁소에 들러 세탁물을 찾아왔다. 뭘 해도 신이 안 나고 계속 전화기만 만지작거린다. 저녁도 대충 먹었다.

"휴일 잘 지냈어?"

아홉 시 뉴스가 시작되고 얼마 안 돼 그녀의 전화가 걸려왔다.

"야, 너 어떻게 된 거야? 너 어제 오늘 종일 뭘 했길래 전화를 안 받았냐?"

"응. 그냥."

"대충 넘어갈 생각하지 마. 이건 중대범죄야. 내 전화 안 받은 이유 빨랑 말해. 나 어제부터 아무것도 못 하고 별의별 상상을 다 했어. 너 가끔 사람 미치게 하는 거 알아?"

그녀는 픽, 콧소리를 내며 웃는다.

"웃어? 너 지금 웃음이 나오냐?"

"나 어제 전남편 만났어."

"누구 만났다고?"

"같이 살았었으니까 전남편이지 뭐."

나는 말문이 딱 막힌다. 어쩔 수 없이 나도 평범한 남자다. 그녀의 이전 남자 친구에 대해서는 도무지 의연할 수가 없다.

"그러고 집에 돌아오니까 너무 피곤해서 손가락 하나도 움직일 수 없더라. 손가락을 움직일 수 없는데 전화를 어떻게 받겠어. 그냥 누워서 시체놀이 좀 하다가 잤지 뭐."

농담으로 본론을 흐리려는 거 그녀가 불리할 때 하는 버릇이다.

"좋았어?"

"좋을 리가 있냐. 무슨 생각으로 만나자고 했는지 그냥 별 말 없이 밥만 먹드라."

"너는 어땠는데?"

"그냥 이제 완전히 남이구나 싶더라구."

"언젠 안 그랬나? 헤어진 지가 언젠데."

"그 말이 아니라, 내 흔적이 하나도 남아 있지 않았어."

"커플링 빼버렸든?"

"그건 옛날에 뺐고. 그냥 머리끝부터 발끝까지 내가 하나도 남아 있지 않다는 느낌이 들었어."

"그게 무슨 말이야?"

"설명하기 힘들어."

"그래도 설명해봐. 듣고 싶어."

그래, 들어야 한다. 그녀의 과거는 나의 현재이기도 하다. 과거를 알아야 현재를 잘 대처할 수 있다.

"으음, 내가 좋아하는 옷도 안 입었고 머리 모양도 그렇고 표정도 그렇고. 무엇보다 대화 내용이 말이야. 우리가 늘 하던 그런 얘기들은 하나도 안 나오는 거야. 정말 완전히 깡그리 다 잊은 것 같았어. 나도 그렇고 그 사람도 그렇고. 두 시간 동안 조금도 거리를 좁히지 못하고, 왜 썰렁한 채로 있는 거 있잖아. 그때서야 왜 나를 만나자고 했는지 알겠더라."

"왜?"

"넌 그런 걸 내가 일일이 다 말해줘야 아냐? 뻔하잖아. 정말 끝난 건가 확인사살하고 싶은 거 말이야. 그래서 내가 그렇게 졸렸나. 전쟁 끝낸 병사가 제일 하고 싶은 게 뭐겠냐? 실컷 자는 거 아니겠어."

"이젠 안 졸려?"

"그러엄. 난 하루 실컷 자고 나면 웬만한 일은 다 잊어. 회복기가 빠른 체질이라."

말은 그렇게 하면서도 목소리는 풀이 팍 죽어 있었다.

"거짓말하지 마. 너 지금도 편한 거 같지 않은데."

"난 니가 이렇게 나를 아는 척할 때가 제일 싫어. 지금은 그냥 넘어가줘야 한다는 걸 모르겠냐? 저절로 아물게 내버려둬. 꼭 일일이 짚어줘서 사람 피곤하게 하지 말고. 너 이럴 때 진짜 싫어."

그녀는 조금 울먹이는 목소리로 말했다.

"거봐. 너 지금 이상해. 이거 너 아냐. 괜히 엉뚱한 데다 화풀이 하는 거."

"알았어. 전화 끊을래. 너하고 싸우고 싶지 않아."

"그래, 알았어. 오늘은 내가 좀 참아줄게. 화풀이 하고 싶으면 조금만 해. 아주 살살."

"어쭈, 제법 폼 잡을 줄 아는데. 멋있어 보이려고 그런 말 했다가 후회한 남자가 열 명쯤 된다더라."

"거기 나 하나 추가하지 뭐."

"고맙다. 오늘만 엄살 좀 부릴게. 나 별로 안 아팠었는데 니가 아프냐고 물으니까 갑자기 막 아파지네. 네 말 맞아. 좀 힘들었어. 이별을 하고 나면 나의 어느 부분이 죽는 것 같애. 하지만 걱정 마. 누군가를 다시 만나게 되면 내 안에 숨죽이고 있던 생명의 씨앗들이 싹을 틔우기 시작하니까. 죽었던 내가 살아나는 거지. 니가 있으니까 아무 걱정 없어."

대화가 필요한 상태라는 내 진단은 정확했다. 그녀는 일단 입을 열고 나니까 마음이 풀어지는지 속내를 드러내기 시작했다.

"나도 쓸모가 있을 때가 있구나. 힘내! 니가 힘없이 그러니까 나까지 힘이 빠진다."

"진짜 괜찮아. 너랑 아무렇지도 않게 수다 떨고 나니까 이제 편안해졌어. 과거잖아. 과거는 아무리 어둡고 무거워도 실체가 없는 것 같아. 손에 잡히지도 않고 속수무책이잖아."

"바꿀 수 없으니까 그렇지. 그럴 때 나를 잡아. 나 보기보다 힘 센 거 몰라?"

"너 오늘 진짜 제법이다. 이따 밤에 우리 집 근처 그 실내포차에서 만날래. 갑자기 꼼장어가 먹고 싶다. 쏘오주랑 계란말이도."

"아니. 오늘까지는 내가 화면에서 사라져 줄게. 너 오늘 하루 더 푹 쉬면서 잠수 타라. 난 밤에 찜질방 가서 계란 까 먹으면서 이번에 새로 개발할 제품 보고서 써야 돼."

"너네 회사는 어떻게 맨날 신제품을 개발하냐?"

"그러게나 말이다."

"그리고 너 찜질방에서 디자인 구상하는 버릇 좀 고쳐."

"너네 집 나한테 개방할래? 그러면 고칠게."

"됐다. 그럼 내일 만나자. 니 말이 맞는 거 같다. 시체놀이 하루 더 해야 할 것 같다."

"그렇다니까."

"고마워."

"알면 됐어. 전화 끊을게. 도로 전화기 꺼놓고 좀 자라."

"……."

"벌써 자냐? 벌써 자나 보네. 참나……. 암튼 낼 보자."

2.

이건 내 신경증이다. 그녀가 무슨 말인가를 하려고 망설이면 무조건 빨리 얘기하라고 다그쳐놓고 얘기를 듣고 나서는 못마땅해서 화를 낸다. 어제 이상한 꿈을 꾸었어. 계속 찜찜한 표정으로 앉아 있던 그녀가 슬그머니 운을 뗐다.

"무슨 꿈인데?"

"별로 얘기하고 싶지 않아. 굉장히 무섭고 기분 나쁜 꿈이었어."

"해봐."

"살인마 꿈이야. 내가 관광버스를 타고 어딘가로 여행을 가는데 어떤 아줌마가 떠든다고 갑자기 운전기사가 달려와서 포크로 그 아줌마 허벅지를 마구 찌르는 거야. 옆에 있는 사람들은 기가 질려 아무 말도 못 하고 나 역시 신고할 생각도 못 했어. 공포에 떨면서 버스에서 내리지도 못 해. 무서워서 눈물을 줄줄 흘리면서도."

"끔찍하네."

"자면서 내가 내 울음소리를 듣고 깼어. 무서워서 다시 잠들기가 싫더라니까. 그 남자가 꿈에 또 나올까 봐. 그 뒤로 한잠도 못 잤어."

"누구 너 괴롭히는 사람 있니?"

"없어. 내가 요새 만나는 사람이 우리 회사 사람하고 너밖에 없는데 뭘."

"그럼 정답은 나네."

그녀는 아니라고 부정하지 않았다. 자기 생각을 들킨 사람처럼 일부러 뻔뻔한 표정을 지어 보였다.

"어어, 진짠가 보네."

"아냐. 니 생각을 너무 많이 해서 그럴 거야."

"그 말 별로 기분 좋게 안 들린다."

"모르겠어. 니 생각을 하면 좋을 때도 있지만 괜히 불안하고 마음이 안 좋을 때도 많아."

"왜?"

"그냥 존재감이 안 느껴져. 왜 사람을 사귀면 그 사람의 존재가 어느 순간 기정사실이 되고 편하고 뭘 해도 제일 먼저 생각나고 그러잖아. 근데 너는 그냥 내 영역 밖에 있는 사람 같아. 미안하다, 정말."

"이렇게 줄창 붙어 다니는데도?"

"내가 문젠가 봐. 자꾸 사람을 문밖에 세워두는 거 말이야."

나는 한숨을 쉰다. 그녀가 그런 말을 할 때마다 대꾸할 말이 생각 안 난다. 내가 우겨서 시작한 관계고 그녀는 아직 자신을 따라다니는 어두운 그림자를 떼버리지 못했다. 뭐라고 따지겠는가. 내가 자초한 일인데.

"넌 아직 니 눈만으로 세상을 바라보지 못하는 것 같다."

그녀는 나를 물끄러미 쳐다본다. 그 말을 못 알아들을 리 없다.

"언제 자유로워질래?"

"이제 그 사람 나한테 아무 영향력도 없어. 이건 사실이야. 그런데도 나쁜 자장이 미치는 영역이 아직 남아 있나봐. 이제 알겠어. 그 사람은 또 그 사람의 옛 여자의 자장에서 벗어나지 못했던 거였어. 그게 우리 관계를 파국으로 몰았던 거고. 그 사람은 그 여자한테 들었던 말을 고스란히 나한테 돌려주었어. 나는 또 너한테 그러고. 이상한 끝말잇기 놀이지?"

"이상하다. 엄청. 그러니까 그만둬야지."

"알아. 보통 때는 잊고 있다가 꿈을 한 번씩 꾸고 나면 이렇게 다시 시달린다."

"곧 괜찮아질 거야. 내가 도와줄게."

"당연히 괜찮아져야지. 안 그럼 어디 사람이 살겠냐? 죽지. 넌 나중에 우리가 헤어지더라도 내 꿈에 나타나지 마. 제발 부탁이다. 그거 못 할 짓이야. 끝났으면 그냥 끝나야지."

"걱정 마. 그런 일 없을 테니까. 우리가 어떻게 헤어지겠냐. 이렇게 좋은데. 우리 타코나 우적거리면서 먹으러 가자. 생맥주 한잔 하면서. 날이 더워지니까 향신료 듬뿍 든 음식이 땅기네."

"좋아."

"맛있는 거 먹으면서 나쁜 꿈 푸닥거리도 하구."

"그러자. 니네 집까지 걸어서 가자."

"다섯 정거장이나 되는데?"

"봄이잖아. 언제 또 그래 보겠냐. 한여름에 비지땀 흘리면서 걸을 수는 없잖아."

"우선 맥주로 몸의 열기부터 좀 식히고 나서. 꽃비 맞으면서 나무 아래서 키스나 할까?"

"나쁘지 않지. 가끔 영화 한 편씩 찍어주는 거."

"우린 역시 의기투합 커플이야! 그치?"

3.

어떤 남자가 꽃다발을 들고 간다. 자기 집 화병에 꽃을 꽂이 아니다. 플러리스트가 만들었을 게 틀림없는 멋진 꽃다발을 팔을 뻣뻣이 세워 긴장해서 들고 간다. 우리가 앉아 있는 카페를 지나쳐 버스정류장 쪽으로 걸어간다. 아마도 정류장에서 여자를 만나기로 했거나 그 앞의 편의점에서 여자가 오기를 기다릴 것이다. 연애를 시작한 지 그리 오래되지 않은 사람의 얼굴에 떠오를 법한 환희의 표정으로 정면을 바라보며 걷는다.

꽃을 든 남자.

이런 풍경을 염두에 두고 지은 카피일 것이다. 판타지가 확실히 느껴진다. 일상 위로 떠오른, 혹은 일상을 넘어서거나 숨긴 장면. 그래서 세상에는 예쁜 꽃들이 그토록 많은 걸까.

이틀 남았다. 그녀의 생일은 기억하기 좋게 4월 4일이다. 아무리 궁리를 해봐도 딱 떠오르는 게 없다. 여자들이 무얼 갖고 싫어 하는지 알 수가 있어야지. 실용적인 걸 선물하면 분위기 없는 남자로 찍힐 거고 너무 예쁜 선물은 또 현실감각 없다고 토를 달 거다. 이럴 땐 직설법이 최고다.

"너 뭐 갖고 싶은 거 없니?"

"글쎄 너무 많아서 못 고르겠다. 예산을 공개해야 거기에 맞는 걸 말하지."

"말 참 얄밉게 한다. 선물로 난 어때?"

"뭐가 어때. 난 부피 큰 선물 별로 안 좋아해. 우리 집이 생각보다 좁거든."

그녀는 티스푼을 들어서 내 눈앞에다 들이대고 말한다. 집이 딱 고만해서 안 되겠다는 뜻이다.

"너 올해 지나면 서른이다. 서른 넘으면 나 같은 남자 선물 받기 힘들걸. 그러지 말고 나 니네 집에 들어앉혀라. 이래 뵈도 요리도 잘하고 힘도 세서 궂은일도 척척이야."

"농담이라도 그런 말 마."

"일단 한번 써보시라니까요."

"난 한번 해봤잖아. 남자랑 사는 거 별로 재미없어. 힘만 들고."

"그땐 처음이라서 그랬을 거고. 이번엔 완전히 다를 거야."

나는 손사래를 치는 그녀의 손을 붙잡고 애걸한다.

"그래, 완전히 더 나빠질 수도 있지."

"왜 말을 해도 꼭 그렇게 비관적인 말만 하냐. 재수 없게."

"서포모어 징크스라는 거 몰라? 가수가 앨범을 낼 때 두 번째 앨범은 꼭 망한다는 징크스야. 첫 앨범이 성공해서 기고만장하다가 큰코다치는 거라고 생각하지만, 사실은 첫 번째 앨범에 힘을 다 써버려서 그런 거야. 두 번째는 그때만큼 정성을 들이지 않게 되고 그러다 보면 긴장이 떨어져 망하게 되는 거지. 난 그게 두려워."

그녀는 슬그머니 내게서 손을 빼고 다 식은 커피를 한 모금 마시며 말했다.

"서른이면 웬만한 시행착오는 커버할 수 있지 않을까? 너 바보 아니잖아."

"넌 아직 나를 설득하지 못했어. 언젠가 니가 나를 완벽하게 설득하는 날 니 말대로 할게. 그 수준의 얘기로는 너 못 믿겠다. 무조건 들이대기 전에 거울 좀 보셔."

"왜? 내 얼굴 이상하니? 이 정도면 어디 가도 빠지는 인물은 아닌데."

나는 양 볼에다 손바닥을 갖다 대며 묻는다.

"고뇌가 없잖아. 자의식으로 똘똘 뭉친 그 얼굴에 고뇌가 살짝 얹히면 그때 나를 불러라."

"에이, 김샌다. 그 얘긴 그만하고 생일파티 계획이나 세워보자. 혹시 아냐? 이번 생일파티를 잘하고 나면 서포모어 징크스 같은 건 얼씬도 못 하게 될지."

나는 종이에다 몇 군데 물색한 장소를 죽 적어 내려갔다. 그녀는 보는 둥 마는 둥 커피를 리필 시킨다. 그녀는 음식이나 식당에 대해선 별로 까다롭지 않다. 분명 어디든 괜찮다고 말할 거다. 시끄럽지 않고 분위기만 괜찮으면.

"아무 데나 가. 괜히 기운 빼지 말고. 다 거기서 거기지 뭐."

그럴 줄 알았다. 왜 작은 차이가 큰 차이라는 걸 모를까. 정말 괜찮은 집에 가면 서비스부터 음식, 음악, 분위기, 어느 것 한 가지 같은 게 없다는 사실. 내가 마음속에 점찍은 곳을 붉은 펜으로 동그라미 치며 어떠냐고 묻는다.

"좋아."

"원피스 하나 사줄까. 너 왜 그 옷 안 입냐? 목이 좀 파진 청 보라색 원피스 옛날에 입었었잖아. 그때 참 섹시하더라. 음, 뭐랄까. 고혹적이랄까."

"그 옷 난 별로 안 좋아하는데. 너무 힘을 준 옷이라서. 가끔 사는 게 지루할 때만 입어."

"그럼 뭘 사주냐. 잘 생각해봐. 아니면 레티놀이 듬뿍 들어간 아이크림 같은 거 사줄까? 내 생각에 애정 표현하는 데는 옷

하고 화장품만 한 게 없는 것 같다. 매일 화장할 때마다 나를 생각할 거 아냐. 옷도 마찬가지고."

"그 화장품 다 쓰기도 전에 헤어지면 그땐 어떡하냐?"

"어휴, 너 한 대 맞을래. 아주 내가 싫어하는 소리만 골라서 해라. 너 지난겨울 크리스마스 선물 살 때 일 생각 나냐? 가방 하고 옷, 두 가지 중 하나만 고르라고 나머지는 생일날 사주겠다고 하니까 너 뭐라고 했어? 우리가 그때까지 만날지 안 만날지 어떻게 아느냐고 말했지? 그때 나한테 쥐어 박힌 거 잊었어? 정말 기분 나빠. 그런 말 다신 하지 마. 그런 말은 악운을 불러 온단 말이다. 이 바보야."

"내가 그랬나? 미안하다. 나쁜 버릇이네. 고칠게."

"너 한 번만 더 그랬다가는 나랑 살아야 된다. 맹세해."

"야, 그런 게 어딨어. 그건 너무 가혹하잖아."

"지금 니 말이 더 가혹하다. 뭘 알고나 얘기해라. 내가 무슨 전염병 보균자냐. 같이 살자니까 진저리를 치게. 내가 숫제 부처님이 다 됐다. 이런 상황을 참아주고. 야, 나 성질 많이 죽었다."

"미안. 생일파티 때 예쁜 옷 입고 갈게. 머리도 새로 하고. 그러니까 용서해주라."

"어쨌든 빨리 뭘 갖고 싶은지 생각해봐. 아니면 내가 아무 거나 막 살 거니까."

"니가 사주는 건 다 좋아. 넌 내가 믿는다. 너 안목이나 취향 괜찮은 편이잖아."

"커피 빨리 마셔. 밥 먹으러 가자. 배고프다."

4.

내가 그녀를 위해 준비한 선물은 B&B였다. 'Breakfast in Bed.' 언젠가 그녀가 말한 적이 있었다.

"하얀 모슬린 커튼이 쳐진 방에서 아침에 일어나면 창밖에 바다가 보이고 창문으로 바람이 살랑살랑 불어와. 내가 사랑하는 사람이 쟁반에 스프와 토스트와 커피를 준비해서 들고 잠덜 깬 내 앞에 서 있어. 공손하게 쟁반을 갖다 바치며 다 먹을 때까지 시중을 드는 거야. 그런 아침을 한번 먹어보는 게 소원이야. 나도 알아. 유치한 거. 그래도 해보고 싶었어. 내가 사춘기 때 로맨스 소설을 너무 많이 읽었나 봐."

그거야 어려울 게 없다. 어차피 뭐든 해야 하는 날인데 하고 싶은 게 유치하다는 이유로 못해본다면 그거야말로 바보짓이다. 모든 스케줄은 내가 짜고 예약까지 끝마쳤다. 그녀는 그날에 맞춰 월차휴가를 냈다.

"양송이 스프와 소고기 스프 중에서 어떤 게 더 맛있어?"

"소고기 스프."

그녀는 눈도 안 뜨고 대답한다.

"알았어."

그녀의 감은 눈에 키스를 하고 주방으로 간다. 아이스박스에서 스프와 빵과 과일을 꺼내고 싱크대 아래서 프라이팬과 냄비를 꺼낸다. 비록 인스턴트 스프지만 냄새는 그럴 듯하다. 금세 고소한 스프 냄새가 방 안을 채운다. 토스터가 없어서 빵은 프라이팬에 굽고 주전자에 물을 올린다. 가방에서 커피와 드리퍼와 거름종이를 꺼내 커피 내릴 준비를 완벽하게 마쳤다.

"맛있겠다."

그녀가 다가와 등 뒤에서 내 허리를 꽉 끌어안는다.

"발코니에 한번 나가봐. 4월의 봄 바다 보는 게 소원이라며. 파도가 어디쯤 와 있나 보고 얘기해줘. 이 엄마는 아침밥 차리고 있을 테니까."

그녀는 내 허리에 감긴 팔을 꽉 힘주어 한 번 더 안아주고 베란다 쪽으로 간다. 그녀가 베란다 문을 여는 순간 세찬 파도 소리가 방 안으로 밀려 들어온다. 나는 스프와 빵을 접시에 담고 쟁반 위에 간단한 아침상을 차린다.

"침대로 가서 기다려. 내가 아침밥 침대로 가져갈게."

"참, 그렇지. 우리 침대에서 밥 먹으려고 여행 왔지?"

그녀는 베란다 문을 닫고 종달새처럼 팔짝팔짝 뛰어 침대 속으로 들어간다. 나는 커피를 뽑아서 쟁반에 올려놓은 뒤 침대로 가져간다. 볶은 지 사흘 된 원두는 최상의 숙성 상태였다. 향내도 진하고 맛도 풍부했다.

"와우, 냄새 죽인다. 안 먹어도 배가 불러. 황후가 된 기분이야."

"밥 먹기 전에 나한테 키스 정도는 해주겠지."

"수고했어."

그녀는 내 뺨에 쪽, 입을 맞춘다. 나는 그녀 앞에 쟁반을 갖다 주고 허리께에 앉아 그녀가 스프 맛을 보기를 기다린다.

"음, 맛있다. 너도 같이 먹어."

"시종은 황후께서 다 드신 다음에 먹겠사옵니다."

"야, 왜 그래? 같이 먹자."

"아냐. 진짜야. 나야말로 밥 안 먹어도 배부르다."

그녀가 내 입에 스프 한 수저를 떠 넣어준다. 토스트를 찢어서 스프를 찍어 입에 넣는다. 바삭, 빵 부서지는 소리가 들린다. 그녀가 내 입에도 한 조각 넣어준다. 나는 빵을 오물거리며 창밖을 내다본다. 파도가 넘실넘실 이쪽으로 달려온다. 빵 씹는 소리도 파도소리처럼 리드미컬하다. 나는 그녀가 아침 먹는 걸 보면서 커피를 마신다. 이디오피아 시다모. 조금 쓰지만 깊은 맛이 나는 커피다.

"이 아침에 니가 옆에 있어서 행복해. 언젠가는 매일 이러겠지만."

"또또, 헛물켠다. 암튼 오늘 최고의 생일파티야."

"더 이상 서포모어 징크스는 없다는 뜻이지. 고마워!"

나는 그녀 이마에 입술을 꾹 눌러 확인도장을 찍었다. 행복하다. 이 행복은 다시 리바이벌 되지 않을 것임을 안다. 이 순간으로 완성되는 행복. 충분하다. 모든 행복은 비현실적이라는 말이 이 순간만큼은 틀렸다. 한 손에 그녀 손을 잡고 다른 손에 따뜻한 커피 잔을 잡는다.

"우리 이 날을 오래 잊지 말자."

그녀가 내 이마에 똑같이 입술을 꾹 눌러 도장을 찍었다.

"그럼, 기억은 원래 리바이벌이 특기잖아."

"그렇게 말해줘서 고마워. 이 기억은 언제나 과거가 아닌 현재다!!"

간과
콩팥

그녀의 젖가슴에 내 이마가 닿았다. 비릿한 살 냄새가
났다. 여자 냄새였다. 숨을 크게 들이쉬었다. 숨이 멎을
것처럼 심장이 큰 소리를 내며 뛰었다. 그녀는 내 머리와
등을 두어 번 쓸어주고 돌아서서 나갔다. 큰 나라 인사법인
모양이라고 나는 또 속으로 생각했다.

"내가 태어난 고향에는 하루 종일 걸어도 끝이 보이지 않는 옥수수밭이 있어요."

그녀는 그 말을 하고 지평선 끝까지 펼쳐진 옥수수밭을 바라보는 눈빛으로 창밖을 내다보았다. 하루 종일 걷는다는 말도 옥수수밭이라는 말도 나에겐 전혀 와 닿지 않았다. 우주 어딘가 있다는 초록별만큼이나 아득히 멀고먼 얘기였다.

나는 생맥주를 한 모금 들이키며 그녀의 다음 말을 기다렸다. 그녀는 밖으로 향한 눈길을 거두지 않았다. 문밖을 내다보며 손님을 기다리는 자세가 몸에 밴 것 같았다. 오후 세 시, 이 동네에서 이 시간에 술집에 올 사람은 많지 않을 것이다. 다들 일하러 나갔겠지. 얼마 전까지의 나처럼.

"거긴 숨을 곳이 많았어요."

"으음."

나는 눅눅해진 뻥튀기를 입에 물고 씹으며 대꾸했다. 일주일 전 이곳에 불법체류자 단속이 떠서 그녀의 친구가 잡혀갔다고 했었다.

'이 나라에는 숨을 곳이 많지 않지. 워낙 작은 나라잖아. 나야 잘 모르지만. 아니다. 나도 이제 조금 알게 되었다.'

평생 여기서 태어나 여기서만 살아온 나한테는 서울도 어마어마하게 큰 도시다. 그녀는 나에 대해 한마디도 묻지 않았다.

아마도 그것이 내가 이 술집을 단골로 삼은 이유일 것이다. 여인숙에 장기 투숙하며 매일 똑같은 옷을 입고 더러운 구두를 신고 아는 사람도 없이 골목을 어슬렁거리는 나라는 인간을 이 여자는 어떻게 상상할까.

내가 이 동네에 숨어든 지(그렇다, 나는 숨어들었다) 보름이 지나는 동안 사람들은 똑같은 질문을 해댔다.

"어디서 뭐 하던 분이세요?"

묻는 게 당연하다. 궁금하기도 할 것이다. 환갑을 바라보는 중늙은이가 가족도 거처도 없이 떠도는 게. 이 가리봉시장에 나와 비슷한 신분을 가진 사람은 하나도 없을 것이다. 대개가 서른이나 마흔 즈음의 중국에서 온 남자와 여자 들이다. 왕성한 노동력을 자랑하는 그들은 그저 일하고 돈 벌기 위해서 이곳에 살고 있다. 나는 일을 하지도 않고 돈을 벌지도 않는다. 무엇보다 왕성한 노동력을 자랑할 수가 없다. 나는 생맥주 두 잔에 벌써 취했는지 꾸벅꾸벅 존다. 그녀가 양배추를 써는 동안 나는 벽에 기대앉아 창밖과 주방을 번갈아가며 쳐다보았다. 새로 썬 양배추를 한 접시 담아서 갖다 주었다.

"고맙습니다. 안주를 시켜야 하는데."

"일 없어요."

여자는 차가 담긴 작은 컵을 들고 와서 맞은편에 앉는다.

"고향에 아저씨 나이랑 비슷한 오빠가 살아요. 큰 병이 들어서 한국에 오고 싶어도 못 와요."

여자는 자신의 고향 얘기를 길게 한다. 오랫동안 입안에 물고 있었던 얘기인 듯 하나의 이야기가 끝나면 다음 이야기가 끊어지지 않고 이어졌다.

"오빠랑 매일 집 앞의 호수에 가서 낚시를 했어요. 혹시 흑룡강성이라고 아세요? 흑룡강성의 물고기는 말을 한답니다."

여자는 물고기들이 은빛 비늘을 햇살에 반짝이며 찌를 문 입을 뻐끔거린다고 자신의 입술을 벌려 흉내를 냈다.

"울지 마. 내가 오빠한테 맞고서 울고 있으면 물고기가 그렇게 말해줘요. 낚시 바늘이 목에 걸려 더듬거리면서 말을 한다니까요."

어린 그녀는 손가락으로 물고기 입을 벌리고 조심스럽게 바늘을 빼주었다. 내가 안 아프게 해줄게. 상처 난 입으로 물을 꿀떡꿀떡 삼키며 물고기는 낚시 통 안을 돌아다닌다. 호수의 천분의 일, 만분의 일 크기도 되지 않는 공간에서 물고기는 헤엄도 치기 전에 몸이 벽에 부딪친다. 물고기는 아프다는 말 대신 간절한 눈빛으로 그녀를 바라보았다.

"오빠랑 사이좋게 지내. 우리는 사랑할 시간이 많지 않거든. 나처럼 갑자기 죽게 될지도 모르잖아."

그녀는 물고기의 말을 들었다. 열 살 소녀였던 그녀는 울어서 퉁퉁 부은 눈을 손등으로 문지르며 저만치 앉아 있는 오빠를 돌아보았다. 달라는 사탕은 안 주고 매일 때리기만 하는 오빠가 정말 미웠다.

"오빠도 지금은 후회하고 있을 거야. 오빠 나이에는 그러고 싶지 않아도 악마가 나쁜 일을 시킬 때가 있거든."

물고기는 그 말을 마지막으로 몸을 뒤집고 낚시 통에 둥둥 떠올랐다. 물고기와 대화를 나누는 그녀의 모습이 그림처럼 그려진다. 어린 그녀는 서둘러야 했다. 한가하게 물고기랑 놀 시간이 없다. 저녁으로 생선찌개를 끓이려는 엄마가 그들을 애타게 기다리고 있을 것이다. 엄마는 오늘 꼭 열 마리를 잡아 와야 한다고 했다. 오빠의 낚시 통에는 손가락 크기의 물고기 대여섯 마리밖에 없다. 저녁 반찬으로 쓸 분량으로는 턱없이 부족하다.

"어떡해. 아아앙."

그녀는 울음을 터뜨렸다. 오빠는 그녀를 때렸던 막대기를 호수에 던지며 말했다.

"엄마가 때리면 이 오빠가 먼저 맞을게. 나중에 맞으면 엄마 힘이 빠져서 조금 덜 아프거든."

오빠는 그녀의 낚시 통에 물고기 두 마리를 넣어주었다. 죽은 물고기가 오빠한테 주문을 걸었는지 오빠는 갑자기 착한 사람이 되었다. 멀리서 엄마가 부르는 소리가 들렸다. 얼음판처럼 고요한 호수 위에 노을이 붉게 물들었다. 그녀는 해질 무렵 그 붉은 노을을 바라보며 집으로 돌아가는 게 정말 좋았다고 말했다. 오빠가 보고 싶다고, 빨리 나왔으면 좋겠다고 했다. 그 얘기를 하는 여자의 얼굴도 붉게 물들었다. 눈시울도 붉게 젖었다. 눈물을 바칠 고향이 있는 그녀를 부러워해야 하나, 가엾어 해야 하나. 나는 삼분의 일도 남지 않은 술을 마저 마시며 생각했다.

"일어나세요."

나는 깜짝 놀라 눈을 떴다. 그녀가 걱정스러운 얼굴로 나를 내려다보고 있었다.

"여기서 주무시면 어떡해요. 점잖으신 분이. 집에 가셔야지요."

미안하지만 나는 점잖은 분이 아닙니다, 라고 말할 수는 없었다. 그냥 잔 밑바닥에 남은 거품 빠진 맥주를 한 모금 마셨다. 손으로 테이블을 짚고 몸을 일으키려 했지만 도로 털썩 주저앉고 만다.

"어디 아프신 거 아니에요?"

"괜찮아요. 어지러워서 그래요. 잠깐만 앉아 있다 갈게요."

"요기 위층에 내 방이 있는데 거기 가서 잠깐 주무시든가. 보아 하니 아저씨도 객짓밥 드시는 분 같은데 이러다 큰일 나요. 잠이라도 편하게 주무셔야지."

여자는 천장을 가리키며 혀를 찼다. 이층에 무슨 방이 있지? 나는 눈을 껌벅거리며 그녀의 처분을 기다렸다. 아니 한 번만 더 권하면 일어서리라 마음먹었다. 그녀는 내 대답은 들으나 마나라는 듯이 앞장서서 계단을 올라갔다. 중간쯤에서 뒤를 돌아보더니 나한테 어서 오라고 손짓을 했다. 빈 생수병과 술병이 쌓여 있는 좁은 복도를 성큼성큼 걸어갔다. 주의사항이 잔뜩 적힌 종이가 붙은 벽을 흘끔거리며 나는 그녀를 따라갔다. 유치원에 붙어 있음직한 내용의 경고들이었다.

떠들지 마시오.
싸우지 마시오.
쓰레기 버리지 마시오.
남의 물건에 손 대지 마시오.

그녀는 복도 맨 끝에 있는 방의 문을 따고 내게 눈짓을 했다. 나는 열린 문으로 들어갔다. 문을 열자마자 현관도 없이 바로 방이 나왔다. 신발을 벗어놓을 자리는 문 앞에 놓인 바구니였다. 살림이라곤 딱 침대와 옷걸이 하나뿐인 두 평이 될까 말까한 작은 방이었다. 낯선 입주자를 경계해야 할 만큼 값나가는 물건은 하나도 없었다.

그녀는 신발을 들고 방 안으로 들어가 선풍기를 켜고 커튼을 쳤다. 눈 좀 붙이다 나갈 때는 아까처럼 생맥주집을 통해서 가면 된다고 일러주었다. 그녀는 내 손에 들려 있는 신발을 바구니에 담아주었다. 그리고 문을 열고 나가려고 했다.

나는 언제 굼뜨고 어리바리했냐는 듯이 재빨리 뒤에서 그녀의 허리를 끌어안았다. 그녀는 별로 놀라지도 않고 몸을 약간 옆으로 비틀며 여기서 이러면 쫓겨난다고 말했다. 허리를 잡은 내 손을 떼어내고 침대로 데려가 앉혔다. 그러고 나서 내 얼굴을 한번 쳐다보더니 머리통을 품에 꼭 끌어안아 주었다. 그 순간 그녀의 호의를 의심했지만 난 어차피 다 털린 몸이라는 사실을 상기하고 안심했다. 가난한 게 편할 때도 있구나. 간이나 콩팥이 아직 남아 있다는 점이 불안하긴 했지만 곧 될 대로 되라지, 체념했다.

그녀의 젖가슴에 내 이마가 닿았다. 비릿한 살 냄새가 났다. 여자 냄새였다. 숨을 크게 들이쉬었다. 숨이 멎을 것처럼 심장이 큰 소리를 내며 뛰었다. 그녀는 내 머리와 등을 두어 번 쓸어주고 돌아서서 나갔다. 큰 나라 인사법인 모양이라고 나는 또 속으로 생각했다.

그녀의 작은 침대에 아이처럼 웅크리고 누웠다. 침대에서도 그녀의 살 냄새가 났다. 불안과 의심과 자포자기를 잠재우는 냄새였다. 두 배로 커진 결핍과 허기와 갈증을 불러오는 냄새였다. 나는 눈을 감고 중얼거렸다.

"이곳이 옥수수밭이었으면. 하루 종일 걸어도 끝이 보이지 않는 옥수수밭에 가고 싶다. 물고기와 말을 하든, 물고기처럼 입이 낚시 바늘에 찔려 죽든 상관없다. 그곳에 가고 싶어."

거기까지 가는 데 간이 필요하면 간을 주고 콩팥이 필요하면 콩팥을 줄 수도 있을 것 같았다. 이곳에 숨어 살 시간도 이제 얼마 남지 않았다. 낡은 침대에 얼굴을 묻으며 다짐했다. 이따가 그녀가 오거든 나를 데려가 달라고 말하리라. 이럴 줄 알았으면 술을 줄이고 간을 좀 싱싱한 채로 남겨뒀어야 했다고 때늦은 후회를 했다.

당신이 나를 위해 짓던 집 위로 비가 내려요. 연장가방도 젖고 나무들도 젖고 시멘트 포대도 젖었어요. 이 비가 곧 꽃들을 부르겠지요. 당신은 어디로 갔나요? 언제 돌아올 건가요? 당신을 오래 기다릴 수가 없어요. 울음소리는 들리는데 찾아다니는 내가 보이는 않는 걸 보면 난 어딘가에 갇혀 있는 게 틀림없어요.

당신은 어디로 간 걸까요?

당신이 우는 꿈을 꾸었어요.

스물두 살에 아버지가 돌아가신 뒤로 한 번도 울지 않았다고 했죠. 그렇게 하기로 아버지와 약속하고 맹세까지 했다고. 하지만 꿈속의 당신은 말을 멈추고 눈물을 흘리더군요. 슬픈 일이 있었던 것 같진 않았어요. 당신의 곱슬머리는 이마를 덮고 손바닥으로는 얼굴을 가린 채 소리 내지 않고 아주 조금씩 어깨만 들썩거렸어요.

그래도 나는 알 수 있었어요. 당신이 우는구나. 내 꿈인데 이상하게 한참 기다려도 나는 나오지 않았어요. 보이지도 않는 내가 생각을 해요. 당신이 무슨 죄를 지었다 해도, 아무리 나쁜 사람이어도 다 용서해주고 싶다고. 당신도 지적했다시피 나는 너그러운 사람도 아니고 착한 사람도 아니고 작은 일에도 발끈하는 사람이잖아요. 꿈속의 나는 달랐어요. 넓은 치마폭을 펼치고 날아오는 돌멩이를 다 받아낼 듯 강하고 거침없는 사람이었어요.

당신은 울음을 그치지 않네요. 연장가방을 내려놓고, 늘 꼿꼿이 세우던 허리도 구부리고, 환한 웃음도 거두고 그렇게 오래 울 수 있다는 건 당신이 아직 세상을 무서워하지 않는다는 뜻일 거예요. 내가 세상을 버렸더니 세상도 나를 버리더라고 말하던, 괴팍한 냉소주의자는 어디로 간 걸까요?

다음 장면은 사람이 하나도 없는 언덕이었어요. 거기에 반쯤 지어진 집이 있고 한쪽 구석에 빈 막걸리병과 함께 당신의 연장가방이 보여요. 네 귀퉁이가 닳고 색이 바랜 진회색 가방 말이에요. 새 가방을 사주겠다고 해도 한사코 그 낡은 가방만 들고 다녔잖아요. 아버지가 물려준 유일한 물건이라고.

가방을 거기 놔두고 당신은 어디로 간 걸까요? 당신이 없는 공사장에 햇볕만 쨍쨍 내리쬐고 있어요. 이번에는 내 울음소리가 들려요. 큰 소리로 울면서 당신 이름을 불러요. 이제 기억이 나요. 그래요, 누군가 와서 당신을 데려갔어요.

당신이 나를 위해 짓던 집 위로 비가 내려요. 연장가방도 젖고 나무들도 젖고 시멘트 포대도 젖었어요. 이 비가 곧 꽃들을 부르겠지요. 당신은 어디로 갔나요? 언제 돌아올 건가요? 당신을 오래 기다릴 수가 없어요. 울음소리는 들리는데 찾아다니는 내가 보이는 않는 걸 보면 난 어딘가에 갇혀 있는 게 틀림없어요. 내가 가만히 앉아서 당신이 올 때까지 기다릴 사람은 아니잖아요. 나는 분명히 당신을 찾아 나설 거고 세상 끝까지라도 가서 꼭 찾아낼 텐데.

언젠가 내가 당신을 찾아 영암까지 갔던 일 기억나요? 나한테 알리지도 않고 당신이 공사장을 옮겼잖아요. 당신은 전화기가 없고 달리 물어볼 데도 없는데 어찌 그리 무심하게 연락을 끊을 수 있는지 화가 치밀었어요. 마침내 사장님 연락처를 알아내서 당신이 영암의 갈빗집 공사장에 있단 얘길 전해 들었어요. 갑작스럽게 생긴 일정이라 연락할 시간이 없었을 거라고 그가 대신 변명해주더군요. 밤기차를 타고 영암에 도착했을 때 그곳에는 세상에 태어나 본 가장 화려한 일출이 나를 기다리고 있었어요.

사장님이 알려준 약도를 들고 물어물어 공사장을 찾아간 시간은 아침일과가 한참 진행 중인 여덟 시쯤이었죠. 당신의 청색 야구모자를 멀리서도 한눈에 알아보았어요. 하지만 나는 당신을 부르지 못했어요. 어깨에 철근을 멘 당신이 여섯 걸음쯤 걷다가 한 걸음 쉬고 다시 또 걸음을 떼어놓거나, 가끔씩 허리를 펴고 다른 동료들을 살펴보는 모습을 공사장 입구에 서서 지켜보았어요.

당신을 부르지 못한 이유는 지금 생각해도 잘 이해가 안 돼요. 당신이 동료들과 땀을 흘리며 그토록 열심히 일을 하고 있는데도 당신이 너무나 고독해 보였기 때문이에요. 아무도 없는 곳에서 혼자 일을 하고 혼자 땀을 흘리는 것처럼 보였어요. 내가 이 세상에 존재한다는 것도 잊은 사람처럼 보여서 당신을 부르지 못했어요.

이상하죠. 당신은 항상 나를 연장가방처럼 옆에 두었었는데, 당신 땀을 훔친 수건처럼 내 손을 늘 당신 손에 쥐고 있는 걸 내가 얼마나 좋아했는데. 어떻게 당신은 저 멀리 뚝 떨어져서 혼자 비계(飛階)를 오르내리고, 질통에 모래를 지고, 콘크리트를 부어 거푸집을 만들고 있을까요?

누군가 나를 발견했어요. 그 사람은 내 시선이 오직 당신한테만 고정되어 있다는 걸 알아봤죠. 어이! 장씨! 손님 왔어. 허허허. 당신은 돌아보았고 나를 보곤 놀라서 머리에 쓴 모자를 무심결에 벗어 들었어요. 헤벌쭉 웃었던가요. 나도 그냥 입술 근육을 이완시키는 수준에서 흐흐 웃었을 거예요. 나는 당신과 동료들 틈에 끼어 아침참을 얻어먹고 김칫국물 묻은 신문을 읽었어요.

금방 또 어디론가 사라진 당신이 시장에서 잔뜩 사 온 무화과를 먹으며 일이 끝나길 기다렸죠. 당신은 영암의 무화과는 서울에서 사 먹는 거랑은 맛이 다르다며 일 끝날 때까지 다 먹어야 한다고 다짐을 해두었어요. 얼룩얼룩한 겉껍질은 생각보다 부드러웠고 씨가 씹히는 자주색 과육 맛도 매력적이었어요. 스무 개가 넘는 무화과를 다 먹어치우고 점심도 같이 먹고 여섯 시가 되어 당신과 함께 퇴근을 했죠. 퇴근하던 길에 보았던 저녁달은 지금도 잊지 못해요. 웃을 때의 당신 눈처럼 생긴 그믐달이었으니까요.

그날 밤 당신은 나더러 밤차를 타고 돌아가라고 했지만 나는 올라갈 땐 새벽기차를 타겠다고 우겼어요. 나는 당신이 어디에 있어도 찾아낼 수 있으니 도망갈 생각 말라고 농담투로 협박을 했죠. 당신은 웃었구요. 며칠만 있으면 갈 건데 뭐 하러 이 먼 데까지 왔냐고 하면서도 당신 손은 내 손을 놓지 않았어요.

당신과 함께 보낸 이틀. 낯선 도시에서 우리는 쉽게 다른 사람이 되었어요. 당신이 그 어느 때보다 가깝게 느껴졌어요. 마치 한 뱃속에 나란히 누워 있는 쌍둥이처럼.

"이 시간 때문에 우린 못 헤어질 거야."

당신이 그렇게 말했어요. 당신이 묵는 여관에서 당신이 일 끝나고 돌아오길 기다리고, 저녁을 같이 먹고, 함께 밤거리를 쏘다니고, 살갗이 벗겨진 당신의 어깨에 파스를 붙여주고, 알통이 배긴 종아리를 주물러주는 게 그곳에서의 내 일과였어요. 누군가와 며칠을 같이 보내는 게 그렇게 행복한 일이더군요. 축복의 시간이었죠. 그 이틀 때문에 큰 대가를 치르게 된다 해도 어쩔 수 없다, 그런 마음이 들었어요.

이번에는 나를 붙잡은 사람이 당신이어서 기뻤어요. 가지마. 나랑 같이 올라가자. 나는 그런 당신이 좋아요. 원하는 걸 말하는 당신. 나를 보내는 당신보다 나를 붙잡는 당신이 나는 더 좋아요.

둘째 날 당신은 내 손을 이끌고 읍내의 금은방에 가서 금반지를 사주었어요. 사흘만 일하고도 꽤 높은 수당을 받을 수 있는 일이라 영암까지 내려간 거라고 말했죠. 나한테 반지를 사주려고요. 지금 내 손가락에 끼여 있는 이 반지예요. 그렇게까지 할 필요 없었는데. 어머니 병원비를 대기도 빠듯한 살림살이를 잘 알고 있어요. 난 반지 같은 거 필요 없다고 말했지만 언제나 그렇듯이 당신은 내 진짜 마음을 알아차렸어요. 사실 나는 당신이 사준 반지를 끼고 싶었어요. 참 좋을 것 같았거든요.

혼자 있을 때는 당신 손 대신 손가락에 낀 반지를 돌리며 당신 생각을 해요. 반지가 마술이라도 부려 당신을 떡 하니 데려다주기라도 할 것 같은 마음이 들거든요. 그러다가도 당신이 미워질 때가 있어요. 자주 너무 멀리 있는 당신.

괜찮아요. 나는 이제 괜찮아졌어요. 가난한 당신을 자랑스럽게 여길 수 있었던 건 당신이 스스로 쌓은 게 아닌 것은 욕심내지 않는 사람이었기 때문이에요. 나를 사랑하는 속도만 봐도 알 수 있어요. 서서히 완전하게 느꼈을 때에야 사랑을 표현하고 그만큼만 내게로 다가왔지요. 인위적으로 속도와 강도를 높이려 노력하지 않았어요. 무덤덤한 연애에 대해 불평했더니 당신은 대답했어요.

"너를 아끼고 싶어. 오래오래 곁에 두고 싶어."

당신이 그리워요. 당신의 이름을 더 많이 불러줄 걸 그랬나 봐요. 사람은 자기가 이름을 불린 만큼 다음 생에서 행복하게 산대요. 당신의 손길이 몹시 그리워요. 유난히 주름이 많은 당신의 작은 손을 잡고 싶어요. 당신의 대패 소리, 망치 소리가 그립고 당신과 나눠 마시던 막걸리와 황새기 젓갈 맛도 그리워요.

돌아올 거죠? 무슨 수를 써서라도 다시 올 거죠? 남은 인생은 나를 위해 살겠노라고 약속했잖아요. 죽어도 나보다 먼저 죽지 않겠다고. 당신이 아끼는 망치가 다 닳아 없어질 때까지 같이 살기로 했잖아요. 나도 이제 간신히 못을 구부리지 않고 박는 방법을 배웠는데. 당신이 좋아하는 젓갈 무치는 법을 배우는 중인데.

당신이 보고 싶어요. 울다가 잠에서 깼어요. 꿈이었어요. 당신이 운 것도, 내가 운 것도, 모두 사라진 것도 다 꿈이었어요. 비가 오는 것만 생시와 똑같네요. 내가 당신 꿈을 꾸고 있는 동안 창밖에 조용히 비가 내리고 있었어요. 바람이 불고 비가 흩날리고 가로등 불빛은 침침해요.

나는 꿈속의 당신처럼 얼굴을 무릎에 묻은 채 소리 없이 어깨만 들썩이며 울어요. 이렇게 우니까 목이 아프군요. 목구멍이 따끔거리면서 쓰라려요. 다음부턴 당신도 소리를 내면서 울어요. 그래야 목도 안 아프고 가슴도 쓰라리지 않을 테니까요. 그래야 내가 그 소리를 듣고 달려갈 수 있으니까요.

비 때문에 그런 꿈을 꾸었을 거예요. 비는 밤새 세상을 돌아다니며 고단한 이들의 잠을 깨워요. 화단의 산수유나무가 비바람에 흔들리는 게 보여요. 그 옆의 상가에 핀 목련도 같이 흔들려요. 서로 외롭지 않기 위해서인가 봐요. 윗집 여자는 거미의 〈미안해요〉라는 노래를 크게 틀어놓고 몇 번이나 되감기해서 듣고 있어요.

당신, 다시는 나를 위해 울지 말아요.

언젠가 나 때문에 울게 될지도 모른다고 한 말도 취소해요. 그런 비슷한 생각조차 버려요. 사랑하는 사람을 보내고 우는 어리석음은 한 번으로 족해요. 당신 아버지 한 사람으로도 충분하다구요. 내가 살아 있을 때 많이 웃어주고 죽은 다음엔 울지 말아요.

나는 당신의 웃음이 좋아요. 유난히 새하얀 못난 앞니 두 개를 내가 얼마나 사랑하는지 알지요? 당신이 쓰는 죽염치약 냄새도, 입가의 주름도, 웃을 때 요란스레 꿈틀거리는 목울대도.

오늘밤, 비 오는 이 밤에 딱 한 번만 울고 저도 울지 않을게요. 내일 당신 연장가방을 들어주려면 다시 잠들어야 해요. 당신이 내가 아는 곳에 있어서 안심이 돼요. 당신 숨소리가 들려요. 이제 잘 수 있을 것 같아요. 잘 자요, 내 사랑!

그런데 내일 아침엔 해가 뜰까요?

탁자 위에 그대로 놓여 있는 그녀의 작은 손, 저 손만은 죽을 때까지 아름다울 것 같다. 내게 많은 것을 주었던 손, 내게서 많은 것을 빼앗아가기도 했던 손. 그녀가 있어서 내 인생은 항상 주춤거려야만 했다. 아무리 멀리 있어도, 아무리 숨죽이고 있어도, 그녀는 내 손톱 아래 박힌 가시처럼 작은 움직임에도 통증으로 존재를 드러냈다.

그녀가
돌아왔다

그녀는 나를 사랑한다.

십 년 전에도, 이십 년 전에도, 지금도. 오랜만에 보는 그녀는 큰 눈이 더 커져 있었다. 살이 빠져서 턱과 광대뼈가 두드러져 보여서일 것이다. 짧은 퍼머 머리 아래로 터키석 귀걸이를 길게 늘어뜨린 모습이 아라비아의 귀족의 질투심 많은 정부 같아 보였다. 그녀의 높은 콧날은 여전히 신경질적이고 날카롭다. 시폰 블라우스 속에 감춰진 팔은 지나치게 말라 어깨 위로 뼈가 튀어나와 있었다. 그동안 그녀가 어디서 무얼 하고 지냈는지 묻지 않았다.

그녀는 고백한다.

"너를 사랑해. 너를 향한 나의 사랑이 내 삶에 빛이었어."

그 빛이 없었다면 자신은 벌써 이 세상에서 사라져 버렸을 거라고. 오래 묵힌 말 특유의 어둠과 무게가 느껴졌다. 그 말은 내 마음을 한 치도 움직이지 못했다. 그녀와 달리 나는 인생의 관록이라 부르기엔 남루한 생활의 때와 피로가 덕지덕지 붙은 뚱뚱한 중년여자가 되었다.

삶의 빛. 오랜만에 듣는 말이다. 그 말을 하려고 나를 찾아온 것일까. 그녀가 내게 사랑을 보일 때마다 나는 도망쳤었다. 그녀가 사랑을 요구할 때마다 따귀를 갈기듯 독설을 내뱉었다. 그녀가 가진 어둠이 나는 무서웠다. 그녀가 내게 주는 사랑이 숨 막혔으며 그녀의 꼼꼼한 보살핌은 귀찮았다.

모든 건 그 하루에서 비롯되었다. 그날 그녀가 내 방에만 오지 않았다면 우리는 이렇게 악연으로 점철된 시간으로 서로의 목을 조르지 않아도 됐을 텐데. 나는 태어나 처음 내 방에 손님을 초대했다. 그녀가 그 첫 손님이었다. 당연했다. 그녀는 외톨이였던 내가 처음 사귄 친구였다. 그건 그녀도 마찬가지였다. 열여덟 살의 단발머리 여고생이었던 그녀와 나.

"들어와."

그녀는 가방을 문 앞에 내려놓고 방으로 들어왔다. 책상과 침대와 창가에 꽃병. 내 방을 점유하고 있던 오랜 거주자들인 그것들과 너는 오래오래 눈을 맞추었다.

'넌 내 방의 첫 방문객이야. 그러니 억지로라도 좀 축하해주는 표정을 지어봐.'

나는 그런 눈빛으로 그녀를 바라보았다.

"찻잔이 하나뿐이네."

그녀가 입을 열었다. 이 방에는 어떤 물건이든 하나씩밖에 없다. 누군가 이곳에 올 수도 있다는 생각은 한 번도 해본 적이 없다.

"그냥 이뻐서 갖다 놓은 거야. 음료수는 이따 거실에 나가서 마시자."

그녀는 내가 내준 의자에 앉지 않았다. 손끝으로 책상을 만져보고 침대를 쓸어보고 책장 앞에 오래 서 있었다.

"너 이런 곳에서 살고 있었구나."

그녀가 낮게 중얼거렸다

"이리 와."

나는 침대 끝에 앉아서 그녀를 불렀다. 그녀는 나를 돌아보았다. 나는 내 옆의 자리를 손으로 두드렸다.

"이리 와서 앉아. 너 올려다보려니까 목 아파."

그녀는 긴 목을 숙여 나를 내려다보았다. 그리고 한참을 망설이다가 내 옆자리로 왔다

"좁지?"

그녀는 고개를 저었다

"좋아."

나는 고개를 마주 끄덕였다. 작년에 처음으로 내 방이 생겼다. 혼자서 자는 첫 밤 나는 얼마나 행복해했던가. 그녀가 이곳에 있으니 더 그렇다. 나는 그녀의 어깨를 끌어당겼다. 그녀는 내 어깨에 턱을 고였다. 그녀의 불룩한 가슴이 내 가슴에 닿았다. 나는 그녀 가까이 다가가 앉았다. 그녀에게서 얼마 전에 내가 선물한 스킨로션 냄새가 난다.

"겁내지 마."

그녀는 몸을 조금 떨었다. 입술도 파르르 떨렸다.

"이대로 조금만 같이 있자."

나는 두 손으로 그녀의 뺨을 감싸고 입을 맞추었다. 처음이 아니었다. 보름 전 점심시간에 옥상에서 처음으로 그녀의 입술에 내 입술을 갖다 댔다. 지금은 입술에서 끝나선 안 되었다. 나는 혀로 그녀의 입술을 열었다. 혀끝에 그녀의 치아 교정기의 차가운 감촉이 느껴졌다.

그녀가 손을 뻗어 내 뒷목에 집어넣었다. 작고 차가운 손이었다. 그 손은 내 블라우스의 단추 두 개를 풀다가 앞가슴에서 멈추었다. 그녀는 내 눈을 한번 들여다보았다. 나는 고개를 끄덕였고 그녀는 내 블라우스 단추와 브래지어의 후크를 푼 다음 느슨해진 옷 사이로 드러난 젖가슴에 차가운 입술을 댔다. 그녀는 내 옷을 마저 벗겼다. 나는 턱을 그녀의 어깨에 올려놓은 상태로 그녀 입술의 움직임을 느꼈다.

그녀의 입술은 그곳이 어디든 멈춘 곳에 오래 머물렀다. 단단해진 유두를 오래 물고 있었고 긴장해 있는 가슴과 배와 배꼽을 혀로 핥았다. 서툴렀지만 망설임 없는 동작이었다. 나는 침대에 비스듬히 누웠다. 형광등 불빛은 언제나 너무 밝다. 무얼 감추기엔 적당하지 않은 불빛이다.

나는 눈을 감는다. 그녀는 껍질을 벗긴 백도의 속살처럼 달고 축축한 혀를 내 입속에 집어넣었다. 복숭아의 속살을 씹듯 나는 그녀의 혀를 물었다 놓았다 하며 오래 물고 있었다.

"아무 데도 가지 마. 내 옆에만 있어."

그녀는 네게서 입을 떼고 말했다.

"그래."

나는 그녀의 머리를 쓸어주었다. 그녀는 내 옷을 차례차례 입혀주고 내 뺨에 입을 맞추었다.

"여기……, 이 방 참 좋아."

"응."

"작고 따뜻하고, 그리고 어두워……. 너와 나 같애."

그 하루의 인생이 평생으로 이어졌다. 그렇게 멈칫거리고 설레는 날은 십분의 일도 되지 않았고 증오와 질투와 경멸과 패악과 파괴충동, 그리고 오랜 부재로 점철된 삼십 년.

시간이 좋구나. 우리가 이렇게 평안히 서로를 마주볼 수 있는 날이 오리라고는 짐작조차 못했다. 그땐 서로 굳게 껴안은 두 팔을 놓게 되리라는 것도 몰랐다. 손을 놓는 순간, 녹은 눈이 거리를 더럽히듯 서로의 삶을 망치리라는 것도 몰랐다. 짙은 어둠 속에서 두 눈을 뜨고 홀로 더듬더듬 탈출을 도모할 날이 오리라는 것을 어찌 짐작이나 할 수 있었을까.

갑자기 눈앞이 캄캄해지고, 눈앞에 있던 사람들이 사라져

버려 숨이 멎는 느낌을 그때는 몰랐다. 알 필요가 없었다. 서로 같은 공간과 시간 속에서 살고 있었으니까. 상실과 실패에 대해 대부분 이유조차 알지 못한 채로 지나가버린다는 것도 몰랐다. 결국 나는 그녀에게서 도망쳤다.

어느새 그녀는 늙었다. 이젠 여자가 아닐지도 모른다. 이십 대의 광포함도 삼십 대의 느긋함도 사십 대의 스산함도 지나가고. 이제 그녀는 여자에서 다만 늙은 인간으로 자리를 옮겨가고 있는 중일 것이다. 지금 나를 향한 그녀의 사랑은 무엇을 의미하는 것일까? 눈가의 주름, 살갗의 기미, 제법 많이 눈에 띄는 새치머리, 둔탁하고 느려진 몸짓, 그 모든 현재를 부정하는 추억. 희고 길고 가늘었던 손가락은 뼈마디가 앙상하고 주름이 가득했다. 유일하게 늙지 않은 한 부분, 그것은 섬세한 손놀림이었다. 오른손을 내 손등에 포개며 그녀는 말했다.

"고마워."

따뜻하고 부드러워 마치 그녀의 손이 내 손 위에서 녹아버릴 것 같았다

'무엇이 고맙다는 걸까.'

그녀의 모든 말을 나는 쉽게 해독해내지 못한다. 부재의 시간이 남긴 것들이다. 나의 길고 질긴 외면이 고맙다는 말일까. 아니면 지금 눈앞에 있어주어서? 그녀의 따사로운 고백 앞에

서 나는 더욱 냉정해진다. 지금이 가장 빈틈을 보이기 쉬울 때이니 조심해야 한다고 마음을 다잡는다. 나 또한 그녀만큼 급속히 늙어가는 육체와 정신을 가진 인간임을, 그것을 들키기 싫어하는 치사한 인간임을 어쩌랴.

나는 그녀의 손에서 내 손을 빼낸다. 나쁜 사람이 될지언정 약한 사람은 되고 싶지 않다. 나약함은 한 순간에 죄를 짓게 하고 그 죄는 내 인생의 발목을 틀어쥐고 말이다. 같은 실수와 오류를 반복하는 것도 지겨운 일이다.

탁자 위에 그대로 놓여 있는 그녀의 작은 손, 저 손만은 죽을 때까지 아름다울 것 같다. 내게 많은 것을 주었던 손, 내게서 많은 것을 빼앗아가기도 했던 손. 그녀가 있어서 내 인생은 항상 주춤거려야만 했다. 아무리 멀리 있어도, 아무리 숨죽이고 있어도, 그녀는 내 손톱 아래 박힌 가시처럼 작은 움직임에도 통증으로 존재를 드러냈다.

그녀가 늙어서 다행이다. 그녀는 이제 집착도 질투도 요구도 없는 조용한 여자가 될 것이다. 어쩌면 영원히 그렇게 되지 않을지도 모른다. 다만 발소리와 숨소리를 내지 않는 법을 배웠을 것이다. 잃어버리는 것에, 가질 수 없는 것에, 오해에, 불신에, 거절에 익숙해져서 더 이상 비명 같은 건 지르지 않는 고요한 여자가 될 것이다.

그래도 그녀의 저 작은 손의 온기와 움직임만은 늙지 않아서 이따금 내 목덜미를 쓰다듬거나 손톱 밑의 가시를 빼주기를 바란다.

아주 가끔.

잊을 만하면 한 번씩.

어떤 선물은
피를 요구한다*

너는 나를 위해 너를 바꾸지만 과연 내가 원했던 게 그것
이었을까. 나는 변해버린 너를 보면서 어쩔 줄 몰라 한다.
어쩌면 너도 나랑 똑같은 생각을 하고 있을지 모르겠다.

*최치언의 시집 제목

샛노랗게 물든 잎은 다 떨어지고 뼈만 남은 나무들이 줄지어 선 거리를 걸어서 너에게로 간다. 쓸지 않고 내버려둔 은행잎 위를 걸으니 노란 융단을 밟는 것처럼 폭신폭신하다. 이 가을의 끝에 네가 서 있고 우리는 이렇게 또 한 계절을 함께 보냈다. 다가올 겨울은 무엇을 준비해두고 우리를 기다릴까. 차가운 바람이 뺨을 스치며 너무 많은 기대는 하지 말라고 말한다. 저기 가로수가 끝나는 오르막길에서 왼쪽으로 돌아가면 너를 볼 수 있겠지.

편의점 모퉁이 유독 큰 마로니에나무 앞이 우리들의 아지트다. 둘 다 여기서 멀지 않은 곳에 사는 덕분에 어느 때고 전화만 하면 너도 나도 그리로 달려왔다. 내가 사는 이 동네로 네가 이사 온 지도 벌써 일 년이 됐구나. 넌 그때 이사 이유를 내가 아니라 바로 저 나무 때문이라고 했었지.

"무슨 나문데?"

나는 키가 크고 이파리도 큰 아름드리나무를 올려다보며 물었다.

"마로니에. 참 너도밤나무라고도 불러."

나는 아하, 감탄하며 크게 고개를 끄덕였다. 매일 저 나무를 지나치면서 그 친근한 이름조차 몰랐다는 게 조금 미안했다. 너는 너도밤나무 열매는 모양은 밤나무와 비슷한데 먹을 수는 없다고 식물학자 같은 말투로 설명해주었다. 이름을 알게 된 후부터 나무 앞을 지나갈 때마다 고개를 들어 나무를 올려다보게 되었다. 마치 인사를 하고 이름을 불러주듯이.

작년 겨울, 눈이 몹시 내리던 날 밤에 우리는 그 나무 아래서 언 뺨이 따갑도록 오래오래 키스를 했다. 배에서, 가슴에서, 모든 뼈들에서 뜨거운 열기가 솟아올라 불기둥처럼 우리들의 몸을 감쌌지. 우리는 오래도록 그 불기둥을 빠져나오지 못하고 서로의 몸을 연리지처럼 얽은 채 뒤뚱뒤뚱 걸어 골목길로 숨어들었다. 눈은 너의 머리와 어깨 위에 점점 더 수북이 쌓여갔다. 너는 입술을 내 입술에서 떼지 않은 채 내 머리 위의 눈을 털어주었다.

일 년 전의 우리는 열정과 몰두 말고는 아무것도 알지 못했다. 눈은 그쳤고 찬바람도 잦아들고 봄이 왔고 이제 다시 또 하나의 겨울이 오고 있다. 어느새 시간이 그렇게 후딱 지나갔다. 너를 만나기 시작하던 해의 봄날이 생각난다. 나는 갑자기 다니지도 않는 성당에 갔다. 성당은 내가 아플 때만 가는 곳이다. 고해성사를 할 처지도 아니면서 그냥 의자에 앉아 성모마리아의 얼굴을 바라보다 오곤 했었다.

오랜만에 찾아간 성당은 변함없는 위용을 자랑했다. 나는 항상 이곳의 천장이 마음에 들었다. 높고 밝고 사방의 스테인

드글라스도 아름답다. 그리하여 나의 기도 또한 그리 찬란하고 아름다우리라 믿을 수 있었다. 내가 사랑하는 것은 이 세상의 모든 아름다운 것들이다. 혹시 이런 건 아닐까. 아름다워서 사랑하는 것이 아니라 사랑해서 아름다운 것이다.

나는 손을 모았다. 창문에서 불어온 바람이 내 귀에다 속삭였다.

'당신의 기도는 곧 이루어질 겁니다.'

나는 아직 아무 기도도 하지 않았지만 그 속삭임은 반가웠다. 바람에 실려 들어온 라일락의 꽃향기가 내 어깨에 내려앉으며 말했다.

'당신 어깨의 짐은 곧 가벼워질 겁니다.'

나는 눈을 감고 머릿속 어느 한 곳에 점을 찍는다. 그곳에서 흘러나온 생각은 마음을 따라 이리저리 떠돈다. 나는 나의 소망을 기도문처럼 외워본다.

'관용과 침묵과 힘을 잃었나이다. 먼 곳을 떠돌다 집으로 돌아오는 길을 잃었나이다. 이웃과 벗들과 가족도 잊었나이다. 저는 혼자입니다. 저의 이십사 시간은 오로지 편의점에서 살 수 있는 물건들과의 동거입니다. 그럼에도 슬픔과 그리움을 느끼지 못합니다. 저는 어찌해야 합니까?'

바람과 꽃향기가 나를 둘러싸며 응답해주었다.

'당신은 머지않아 사랑을 믿게 될 거예요. 그 사람의 인생을 들여다보며 안쓰러워하고 그 사람이 사랑하는 것을 함께 사랑하고 그 사람이 아파하는 것을 함께 아파할 겁니다.'

나는 고개를 젓는다. 나는 무엇을 기다리지도 참지도 못 하는 성급한 사람이다. 남을 돕기에는 너무 힘이 없고 옹졸하고 나약한 내 모습을 감은 눈 속에서 본다. 바람이 뺨을 어루만지는 동안 꽃향기가 내 손을 잡으며 말했다

'오래 걸리지 않을 거예요. 그 사람의 모든 말과 행동과 의도들을 믿고 당신이 가진 가장 좋은 것을 주고 당신의 아픔을 보여줄 때조차 조심스럽게 조금씩……. 함께 만든 사랑을 귀히 여겨 함부로 내던지지 않게 될 겁니다. 싸울 때조차 당신의 사랑을 굳건히 하기 위함이니 상심하지 말아요. 당신은 곧 다른 세상의 공기를 마시게 될 것입니다.'

내가 눈을 뜨고 고개를 들었을 때 바람은 그쳐 있었다. 꽃향기도 사라지고 없었다. 문을 열고 들어와 기도를 드리며 미사 준비를 하는 사람만 두엇 있었다. 나는 십자가에 못 박힌 사람을 향해 마지막으로 묻는다.

'아프다는 것은 살아 있다는 뜻이라고 하셨지요?'

내 질문은 바람처럼, 꽃향기처럼 어디론가 사라졌다. 나는 조용히 일어나 성당을 나왔다. 그날이 오래 잊히지 않았다. 그

꽃냄새, 그 바람의 촉감. 그날의 그 기도를 나는 오늘 너에게 말해야 한다. 나는 할 말이 많은 게 싫다. 하지만 피할 수 없다. 프러포즈의 답을 해야 하는 날 절망하던 날들의 기도를 떠올리다니 나도 어지간히 운이 나쁜 사람이다. 넌 내가 오고 있는 방향을 향해 서 있다. 내 걸음은 느리다.

내가 언젠가 너한테 말했던가? 나한테는 네가 내 인생의 서프라이즈 파티라고. 그러니 특별히 이벤트 같은 거 만들려고 애쓸 거 없다고. 너는 워낙 의외성과 기발한 걸 좋아하는 취향이라 잊을 만하면 한 번씩 나를 놀래킨다. 소포 고마워. 소포라니. 놀라지 않을 수가 없다. 아주 옛날에 소포로 생일선물을 받은 적이 있긴 한데 그건 누군가의 환심을 사기 위한 그냥 전형적인 생일선물이었어. 알지? 노래도 있잖아. A Box of Roses and a Birthday Card. 장미꽃이 가득 든 기다란 빨간색 박스와 금박 테두리가 있는 생일카드였어.

그 이후로 선물을 소포로 받긴 처음이야. 단 한 번도 상상해본 적 없는 내용의 선물이었어. 이런 선물은 뭐라고 이름 붙여야 할지 모르겠다. 땀과 눈물과 피와 침과 지문까지 묻어 있는 선물이었다. 너에게 보낸 카드나 편지, 함께 찍은 사진들이 단편영화처럼 정리된 앨범. 우리가 싸울 때 찢었던 사진까지 조각조각 붙여서 끼워놓았더라. 함께 했던 여행에서 찍은 사진과 풍광으로 만든 동영상도 있었다. 이렇게 많은 곳을 함께 갔고 많이도 싸웠고 많은 일들을 함께 했구나. 고맙고 감격스럽고 미안했다

그런데 내 사진 말이야. 그 사진이 찍힌 지난 일 년 동안의 시간이 다 녹아 있는, 딱 그만큼 늙은 내 얼굴이라고만 생각했었거든. 자세히 보니까 이상한 점이 있었어. 웃는 표정, 무표정, 찡그린 표정의 내가 사진마다 조금씩 다른 얘기를 숨긴 것처럼 최근으로 올수록 점점 더 비밀스러운 분위기를 품고 있는 거야

그건 얼핏 봐서는 알 수 없는 거였어. 나는 그냥 웃고 있어. 그런데 어떤 사진은 커다란 슬픔을 마중 나가는 것처럼 암담한 기운이 느껴졌고, 또 어떤 사진은 너무 충격을 받아서 그것을 채 정리하지 못한 표정이었어. 어둠과 빛, 빛과 어둠이 약간씩 채도와 명도를 달리하면서 얼굴에 드리워져 있었어.

글쎄 뭐랄까? 너는 거기 있는 내 얼굴을 통해서 나한테 뭔가 말하려고 했던 거 같아.

"이게 너야."

"이게 너의 진심이니?"

"네가 지금 어디에 있는지 넌 알고 있니?"

지금의 나에게 그걸 묻고 있는 거라는 생각이 들더라. 기쁜

선물 뒤의 이런 어려운 질문. 감수해야 하는 거겠지. 어쨌든 선물은 마음에 들어. 솔직히 내 얼굴은 옛날이나 최근이나 여전히 예쁘기만 하더라. 네가 나한테 준 숙제는 두고두고 풀어볼게.

나는 서두르지 않고 걸어서 너에게로 간다. 너를 한번 꼭 안아주며 말할 것이다. 우리 다시는 그때처럼 열정적인 키스를 하지 못하더라도 함께 걸을 수는 있겠지. 함께 눈을 기다릴 수도 있겠지. 나약하고 옹졸할 때도 서로 용서해주고, 아픈 데를 쓸어주자. 내 단점이 라지사이즈라면 네가 레귤러나 스몰사이즈로 줄여주기 바래. 너를 위해 평생 똑같은 사랑을 주겠다고 약속할 순 없지만 노력을 멈추진 않겠다는 말을 할 수는 있어.

내가 너에게서 발견한 아름다움이 뭘까? 네 정신의 칼끝에서 번뜩이는 예리함을 보는 순간 나는 두려워하면서도 매혹되었지. 그 날카로움이 너를 마주보는 내 눈빛과 만나면서 아름다움의 꽃잎은 떨어지기 시작했다. 너는 나를 위해 너를 바꾸지만 과연 내가 원했던 게 그것이었을까. 나는 변해버린 너를 보면서 어쩔 줄 몰라 한다. 어쩌면 너도 나랑 똑같은 생각을 하고 있을지 모르겠다.

너는 나의 한 사람이다. 너의 모든 것은 이제 내 것이기도 하다. 네가 입을 열어 말을 하고 미소 지을 때, 거기서 뱃속과 가습속의 냄새와 모양이 흘러나올 때 아름다움의 비늘은 반짝이겠지. 그 아름다움이 악취와 질병과 실패 속에서도 빛을 잃지 않게 하자. 너로 말미암아 내 인생에 빚과 빛이 생겼다는 말 꼭 해주고 싶어. 그 빛이 오래도록 꺼지지 않길 바라지만 혹시 그렇더라도 빛의 기억을 고마워하면서 살 거야. 빚도 잘 갚고 그러려면 오늘 행복해야 해. 모든 것의 시작이면서 동시에 끝인 오늘! 우리가 맞은 오늘, 이 하루의 시간이 최고의 선물임을 항상 잊지 말자.

가슴에 싹트기 시작한 애착과 그만큼의 불안을 너무 두려워 말자.

저 나무도 긴 겨울을 지나고 나면 다시 연두빛 이파리가 돋아나겠지. 그 모든 풍경을 담담히 지켜보자. 되도록 오래. 나를 보고 손을 흔드는 너를 향해 나는 달려간다. 있는 힘껏 뛰어가 너를 안고 입맞춤할 거야. 너도밤나무가 우리를 지긋이 내려다보며 축복해주리라 믿어. 일 년 동안 내가 건넨 인사에 대한 보답으로 그 정도는 해줄 거라 믿어.

생활의
발견

나는 알았다. 나와 무관한 타인의 호의가 얼마나 난감
한 것인지. 그것은 생활을 망치고 시간을 좀먹고 영혼을 갈
라놓는다. 타인은 언제나 그토록 무례하게 자신의 무언가
를 들고 나타나 아무거나 요구해댄다. 이제야 너를 이해
하다니. 너무 늦었지만 그래도 많이 늦지는 않았다.

밤 운전을 해서 여기까지 왔구나. 너는 울고 있다. 거의 엎어지듯 몸을 숙이고 오열한다. 너의 긴 머리카락이 방바닥을 쓸고 있다. 네가 나한테 처음으로 관대하고, 처음으로 열렬한 순간이다. 너는 나를 볼 수 없지만 나는 너를 보고 있다.

국화꽃에 둘러싸인 액자 속의 내 사진은 오래전에 찍은 거다. 나의 가족들은 내 사진을 찾느라 애를 먹었을 것이다. 인화한 사진을 가져본 지가 언제인지 모르겠다. 사진 찍히는 걸 좋아하지 않는 데다 요즘은 디지털 파일로 사진을 보관하니까 종이 사진을 가질 기회가 별로 없다. 게다가 최근 삼사 년 동안 사진을 거의 찍지 않았다. 사진뿐만 아니라 다른 것들도 전부 잊어버리고 살았다. 오직 너를 향하고 선 채 조준이 맞지 않는 사격에 열중했다.

스물세 살의 나는 어색하게 웃고 있다. 너를 만나기 전의 내 모습이다. 회사에 갓 입사했을 때이니 지금보다 오 년쯤 젊다. 그때의 내 얼굴이 네 마음에 들었으면 좋겠다. 사원 단합대회로 강촌에 놀러가서 찍은 사진이다. 일등병 같아 보이는, 귀 위까지 짧게 자른 우스꽝스러운 헤어스타일을 내가 얼마나 창피해했는지 모른다. 카메라 앞에 서는 게 첫 직장생활만큼 불편하다는 것을 있는 대로 드러낸 얼굴. 네 마음에 드는 사진을 골랐으면 좋았을 텐데 그건 내가 할 수 없는 일이니 아쉽지만 어쩔 수가 없구나.

어제 나는 네가 만나러 올 수 없는 곳으로 왔다. 일 분 전, 일
초 전까지 차 안에 탄 사람 누구도 예상하지 못한 사고였다. 내
가 탄 버스가 다리 아래로 굴러 떨어질 줄 너도 나도 그 누구도
상상하지 못했다. 그런 불운이 나를 찾아올 줄이야. 빗길이었
고 운전사는 졸고 있었다. 어쩌면 그는 점심을 먹으며 반주를
한 잔 곁들였는지도 모르겠다. 나는 여행 중이었다. 다음 주면
새 직장에 출근하기로 되어 있어서 마지막으로 자유를 만끽하
려던 계획이었지. 우습게도 소원은 제대로 이루어졌다. 이제
난 영원히 자유의 몸이 되었다.

너와는 최근에 알 수 없는 이유로 소원해졌다. 내가 혼자 여
행을 떠난다는 말에도 너는 시큰둥하게 반응했다. 날짜를 맞
춰서 같이 가자거나 너무 오래 걸리면 안 된다는 상투적인 인
사치례도 하지 않았다. 너는 모든 것이 귀찮아죽겠다는, 요즘
거의 피부처럼 달고 있는 표정으로 그래? 그러고는 끝이었다.
그런데 나의 부음을 듣고 밤새 이 먼 바닷가 마을까지 달려온
너는 너무 오래 운다. 너는 이상한 방식으로 나의 고향을 방문
하게 되었구나. 나는 네 어깨에 손을 얹고 두드린다.

"그만 울어. 너무 늦었어."

내 손 끝에 너의 체취가 묻어났다. 내가 그토록 열광하고 욕

망하던 너의 몸에서 풍기는 진한 냄새. 이제 그걸 가질 수 없게 되었다고 생각하니 이미 죽었는데 또 죽을 것처럼 고통스럽다. 너의 어깨는 더욱 크게 떨린다.

'우리가 그토록 사랑한 사이였나?'

나는 네가 모르는 다른 사람이 된 것만 같다. 너도 내가 모르는 다른 사람이 된 것만 같다. 너는 전화도 자주 걸지 않았고 시간을 내는 것도 마지못해 했다. 나를 위해 어떤 선심도 쓰지 않았다. 이 년 사귀었는데 십 년은 같이 산 부부처럼 어떤 것에도 열의를 보이지 않았다. 너의 무관심에 내가 얼마나 자주 상처를 입었는지 너는 짐작조차 못 할 거다. 사랑하는 사람끼리는 그 사람 생각으로 하루를 시작하고, 그 사람과의 연결이 끊어지지 않도록 집중해서 매 순간을 보내야 한다고 믿었다. 나를 공격했던 건 바로 나의 그 설익은 믿음이었다. 그러니까 나를 다치게 한 건 나 자신이었던 거다.

너를 떠나고 난 지금에야 모든 것이 선명하게 보인다. 이제야 나는 너를 이해한다. 너의 진심까지는 몰라도 너의 거절 이유들을 납득한다. 나의 대책 없는 낭만주의는 우리 둘 다를 괴롭게 했다. 너는 옆에 있는 것만으로도 연인으로서 충분히 연결되어 있다고 믿는 사람이었다. 뭘 어떻게 더 해야 하지? 너는 답답하다는 표정으로 종종 불평했다.

"특별할 게 없어도 특별한 사이가 애인 아닌가?"

나로서는 알아들을 수 없는 말을 했다. 내가 뭘 요구할 때마다 꼭 그걸 해야 하니? 하는 얼굴이었다. 아르바이트 끝나는 시간에 맞춰 회사 앞으로 오라고 해도, 친구들이 같이 나오라고 했다고 해도, 엄마가 밥 먹으러 오랬다고 해도, 봄에는 꽃구경이라도 가야 하지 않느냐는 말에도, 흔쾌히 들어준 적이 없었다. 정말 섭섭했다.

"싫을 때 싫다고 말할 자유도 없는 거야?"

오히려 너는 나를 나무랐다. 너의 대답은 대부분 나중에, 다음에였다. 이것 봐라. 나에게는 나중도 다음도 없게 되었지 않니? 다음이란 원래 없는 거야.

이런 방식이 아니더라도 사실 나는 너를 떠날 준비를 하고 있었다. 너를 믿을 수 없었다. 네가 내 편이라는 것을 믿을 수 없었다. 세상에 존재하는 천 명의 연인 중 구백 명은 이 이유로 헤어질 거라고 믿는다. 상투적이고 진부하고 낡고 구질구질한 이별 이유다. 이제야 알겠다. 내가 왜 너를 감동시키지 못했는지. 그리고 이 마지막 만남의 자리에서 내가 어떻게 네 마음을 흔들 수 있었는지. 네가 원했던 건 급진적이고 비일상적인 어떤 관계였다. 일상에서는 결코 얻지 못할 파격과 몰두, 심지어 일탈. 내가 줄 수 없는 것. 나는 평화로운 열정과 위로가 필요

했었다. 마지막 순간 우리가 거기에 이르렀다는 것은 얼마나 모순이니?

넌 아마 모를 거다. 지금 내가 얼마나 평화로운지. 이십구 년 동안 오늘처럼 편안했던 적은 없었다. 아이 때도 사춘기 때도 성인이 되었을 때도 나는 늘 십 퍼센트쯤 부족한 사람이었다. 걸음마를 배울 때도, 말을 배울 때도, 구구단을 외울 때도, 몽정을 시작할 때도 또래보다 늦었다. 늦게 배운 뒤에도 썩 잘하지 못했고 겨우 봐줄 만한 정도밖에 해내지 했다.

사랑에 빠졌을 때는 매너도 별로였고 멋진 이벤트를 준비하는 데도 서툴렀다. 섹스의 기교에 있어서도 같은 형편이었다. 오랜 시간이 걸려 겨우 배웠고 터득한 뒤에도 썩 잘 해내지 못했다. 이런 사람의 특징이 매사에 전전긍긍하면서 눈치를 본다는 것이다. 자신의 무능을 자각하거나 예감하는 자들이 흔히 그러하듯이.

지금은 그냥 너를 볼 수 있어서 나는 좋다. 우리가 얼마나 오래 서로 엇갈린 길을 헤매었니? 이제 서로 애타게 부르지 않아도 너는 나를 느끼고 나도 너를 느낄 수 있게 된 지금이 나는 좋다. 질문이 꼭 답을 찾기 위해서 있는 것만은 아님을, 모든 질문에 답이 있는 것도 아님을 몰랐다. 그저 저 혼자 일어났다가 저 혼자 수그러드는 그것들 앞에서 겸손하고 성실했어야 했다. 그저 남들이 하는 말들을 흉내 내려고 애쓰다 여기에 이르렀다. 나의 것은 없었다.

나는 알았다. 나와 무관한 타인의 호의가 얼마나 난감한 것인지. 그것은 생활을 망치고 시간을 좀먹고 영혼을 갈라놓는다. 타인은 언제나 그토록 무례하게 자신의 무언가를 들고 나타나 아무거나 요구해댄다. 이제야 너를 이해하다니. 너무 늦었지만 그래도 많이 늦지는 않았다. 눈물을 손등으로 문지르고 두 손을 꼭 쥐며 주무르던 너는 느리게 몸을 일으킨다.

너는 슬픔에 빠진 너 자신 말고는 아무 데도 관심이 없다. 너를 석연치 않은 눈길로 바라보는 나의 가족도 아랑곳하지 않는다. 작은형수가 잠깐 말을 붙이지만 너는 울기만 한다. 아직은 조문객이 많지 않다. 음료수 박스가 들어오고 작은형이 식당에 전화를 걸어 음식을 주문한다.

곧 사람들이 몰려들어 육개장을 먹으며 이곳의 명물인 홍어무침에 감탄하면서 술잔을 기울이겠지. 그 자리에 내가 너와 함께 앉아 있을 수 없다니. 이곳에는 벌써 남녘의 음식 냄새가 가득하다. 삭힌 음식들, 정갈하게 무친 나물들. 이제 꼬막도 먹을 수 없겠지. 혹시 일 년에 두어 번 기일이나 명절에는 먹을 수 있을까.

나는 철저함이 부족했다. 이제야 반성한다. 현실적이지 못했다. 매일 절절한 사랑만 호소할 것이 아니라 너와 함께 헬스클럽 회원권을 구입하거나 여름에는 같이 수영복을 고르고 날이 추워지면 겨울옷을 한 벌 사주든지 해야 했다. 나는 생활에 대한 감각이 부족했다.

"결국은 뭐든 디테일이야."

언젠가 영화를 보고 나오면서 했던 너의 말을 나는 알아듣지 못했다. 카메라워크나 음악, 이야기 구성 같은 걸 염두에 둔 영화 얘기인 줄 알았다. 나는 손으로 만질 수 있는 것들에 그렇게 무심했다. 그 점 때문에 너는 나와의 미래가 불투명하다고 생각했을 것이다. 재미없어. 네가 그 말을 자주 했던 이유를 지금에야 이해한다. 다채롭지 못했다. 뭐든 내 중심이었다. 죽지 않았다면 아직까지 몰랐겠지. 머리가 세 배쯤 좋아진 기분이다. 이제는 다 소용없게 되고 말았지만. 너무 늦어서 좋은 것은 없다.

초판 1쇄 인쇄 | 2012년 03월 30일
초판 1쇄 발행 | 2012년 04월 05일

지은이 | 최옥정

펴낸이 | 원선화   펴낸곳 | 푸른영토
기획주간 | 전윤호   편집부 | 이세경
디자인 | 김왕기, 정연규   영업부 | 조병훈

주소 | 경기도 고양시 일산동구 장항동 751 삼성라끄빌 321호
전화 | (대표)031-925-2327, 070-7477-0386~9 · 팩스 | 031-925-2328
등록번호 | 제2005-24호   등록년월일 | 2005. 4. 15
홈페이지 | www.blueto.co.kr   전자우편 | kwk@blueto.co.kr

종이 | (주)비전 B&P
인쇄 | 새한문화사

ⓒ최옥정, 2012

ISBN 978-89-97348-04-6   03810